由《ゆ》宇《う》の154日間

たから しげる 著

由宇の154日間　目次

由宇の154日間

1　その日 ― 午前

わたしが死んだのは、いまから百五十三日前の土曜日の午前中でした。三月十四日で、季節の大きな歯車《はぐるま》が、冬から春に向けてじわじわと回転をつづけているさなかのことでした。

家から車で二十分ほどいった、海の近くの大きな総合病院《そうごうびょういん》の救急処置室《きゅうきゅうしょちしつ》で、わたしは息を引きとったのです。まもなく三歳になるところでした。

死ぬまでの様子は、よくおぼえています。

百五十三日も前に死んだ幼児《ようじ》がなぜ、というかもしれません。しかし、わたしは死んで肉体という衣《ころも》をぬぎすてるとまもなく、大人の思考と言葉を身につけはじめました。

その日、わたしは風邪《かぜ》をこじらせていました。女の子は育てやすいと世間《せけん》ではいいますが、わたしはもともと体が丈夫《じょうぶ》なほうではありませんでした。赤ちゃんのときから風邪《かぜ》をひいては熱をだして、おなかをこわし、ひきつけをおこすことがよくありました。

前夜（十三日の金曜日でした）はしかし、体温がたちまち四十度近くにまでたっしたのです。下痢《げり》もはげしく、飲んだものは噴水《ふんすい》さながらにもどしてしまっていました。

心配したお父さんとお母さんは、わたしを車に乗せて、近くの夜間救急診療所《やかんきゅうきゅうしんりょうじょ》へ連れていきました。

「由宇ちゃんですね、とにかくお熱を下げることかな」

当直のお医者さんは、ひんやりとして気持ちのよい聴診器《ちょうしんき》を、熱で濡《ぬ》れたわたしの小さな胸《むね》からはずすと、いいました。心配することなど何もないといいたげな、自信に満ちた顔つきです。

お父さんとお母さんは、そのひとことですっかり胸《むね》をなでおろしました。

1　その日 ― 午前

「解熱剤《げねつざい》をだしておきましょう。座薬《ざやく》です。お家《うち》に帰ったら、おしりからいれてやってください。よくききますよ。水分だけはたっぷり補給《ほきゅう》するように。脱水症状《だっすいしょうじょう》がこわいですからね。じゃあ、お大事に」

診察台《しんさつだい》の上から、わたしは雲のなかを泳ぐモグラになった気分で、さしだされたお母さんの腕《うで》のなかに這《は》いこんでいきました。

目はほとんどみえなくなっていました。完全な脱水症状《だっすいしょうじょう》です。体中から、でるべき水分はでつくしていました。五時間以上も高熱がつづいていたのです。体は、設定《せってい》をまちがえたトースターからとびだしたばかりの、カリカリに焦《こ》げたトーストさながらでした。

「とにかく熱を下げないと。それで、あしたの朝は念のため、かかりつけの病院にいってみてください」

わたしを抱《だ》いて診察室《しんさつしつ》をでていこうとするお母さんの背中《せなか》に、お医者さんはもう一度、声をかけました。お父さんは廊下《ろうか》にでていました。お母さんは火の玉と化しているわたしを両腕《りょううで》に抱《だ》いたまま、頭を下げました。

白衣のお医者さんの、いかにも落ち着きはらった態度《たいど》は、どうみてもこの道十数年のベテランでした。まさか、三カ月前に医師免許《いしめんきょ》をとって、数日前から夜間救急診療所《やかんきゅうきゅうしんりょうじょ》の現場《げんば》にアルバイトとして立ったばかりの新人《しんじん》さんだったとは、だれが想像《そうぞう》できたでしょう。

ベテランの必要さえありませんでした。ごくふつうのお医者さんであれば、そのときのわたしの顔色を一目みただけで、脱水症状《だっすいしょうじょう》をやわらげるための点滴《てんてき》を処置《しょち》しなければと、すぐに気がついたはずです。

しかし、このお医者さんは、患者《かんじゃ》の家族に自《みずか》らが新人《しんじん》さんだという事実を悟《さと》られたくなかったのです。貫禄《かんろく》のある態度《たいど》をとりたかったといえばそのとおりなのですが、要するに、かっこをつけたかっただけなのでしょう。

お医者さんは、さらにもう一つの重大なミスをおかしました。熱を下げるために座薬《ざやく》を用いたことです。座薬《ざやく》による急激《きゅうげき》な解熱作用《げねつさよう》が、脱水症状《だっすいしょうじょう》をおこして息もたえだえの二歳と十一カ月児の心臓《しんぞう》にとってどれほどの負担《ふたん》になるかを、ちらりとも考えませんでした。こんなに小さな女の子の患者《かんじゃ》をみるのは、生まれて初めてのことだったからです。

お父さんとお母さんは、わたしを家に連れて帰ると、しきっぱなしのふとんの上に横たえました。それから、わたしの口にストローで水を注ぎいれましたが、それはすぐにあらかたふとんの上にぶちまけられました。

「お熱を下げないとだめなのね」

「がんばれ、由宇。熱さえ下がれば楽になって、水も飲めるようになるぞ」

お母さんの手で、おしりに座薬《ざやく》がさしこまれたとき、わたしははげしく泣きました。静かに眠《ねむ》らせておいてほしかったのに。おしりに異物《いぶつ》をいれられるのは、いやでした。

実際《じっさい》、高熱はたいした苦痛《くつう》ではありませんでした。それより、のどの渇《かわ》きでした。体が水分を欲《ほっ》しているのに、胃がその流入をこばんでいるのです。

わたしは泣きました。わずかにしみだしたおしっこは水蒸気《すいじょうき》になって、小さな豆電球が一つついている天井《てんじょう》のすみに、薄暗《うすぐら》い霧《きり》となって漂《ただよ》いました。

「さあ、たくさん眠《ねむ》ってお熱を下げようね」

ふとんの上に横ずわりになったお母さんの胸《むね》に顔をうずめて、わたしは少しまどろんではまをさまし、真昼《まひる》の太陽さながらにかがやく豆電球の光に向かって、かぼそい泣き声をあげました。

ときどきお父さんが、ひたいにあてた濡《ぬ》れタオルをかえてくれました。ブドウの味がするジュースをくちびるのはしにあてがってもくれましたが、わたしはすでに一滴《いってき》の水も、飲みこむ力をなくしていました。

明け方近く、わたしは夢《ゆめ》のなかで、高熱のために焼けこげたみしらぬ荒《あ》れ野《の》をさまよっていました。

不意に、大きな黒い影《かげ》に体をゆすぶられて目をさましました。影《かげ》は無言で、わたしの枕《まくら》もとに立っていました。お父さんもお母さんも、すっかり眠《ねむ》りこけています。

わたしはこわいとは思いませんでしたが、不思議な気分でした。影《かげ》はどうやら、わたしの苦痛《くつう》をいやしてくれるために、そこにあらわれたみたいでした。

その証拠《しょうこ》に、さっきまであれほどわたしの体を痛《いた》めつけていた頭痛《ずつう》も腹痛《ふくつう》も、のどの渇《かわ》きも胃のむかつきも、いまはすっかりなりをひそめています。すべての苦痛《くつう》を、その大きな黒い影《かげ》がスポンジとなって吸《す》いとってくれているかのようです。

それから、影《かげ》はわたしの背中《せなか》にみえない両腕《りょううで》をまわして、空中に静かに浮《う》かびあがらせました。

いいえ、空中に浮《う》かびあがったのは、どうやら体ではありません。見おろすと、わたしの憔悴《しょうすい》しきった体はあいかわらず、添《そ》い寝《ね》するお母さんのすぐ近くのふとんの上にあったからです。

わたしは自分がオバケか妖精《ようせい》か、あるいは小鳥にでもなった気がして、ちょっと愉快《ゆかい》でした。とにかく、苦痛《くつう》がないのは何よりもうれしかったのです。

そのとき、影《かげ》の思いが伝わってきました。

そう、影《かげ》は思いを発していました。その思いを、わたしははっきり受けとることができたのです。影《かげ》はわたしを、どこかへ連れていくつもりです。

「どこいくの？」

わたしは少しあわてました。いまはどこへもいきたくありません。お父さんやお母さんとはなれたくなかったのです。

「ユウ、いかない」

わたしが強くいうと、影《かげ》はがっかりしたように、その大きな体をうらうらとふるわせました。たちまち、わたしは自分の体のなかにまいもどっていました。忘《わす》れていた、ありとあらゆる苦痛《くつう》もいっしょに引きつれて。

わたしが小さくうめいたので、お母さんが目をさましました。

「お熱、少しは下がったのかしら」

闇《やみ》の向こうから、お母さんの手がのびてきて、ひたいに触《ふ》れました。濡《ぬ》れタオルはすっかりかわいて、枕《まくら》もとにずり落ちています。お父さんのいびきが、かなたの空から落ちてくる黒い雨《あま》だれとなってきこえます。

1　その日 ― 午前

本格的《ほんかくてき》な朝の光がカーテンの向こうの空を満たしたとき、わたしの体はすでに危篤《きとく》状態《じょうたい》にありました。

しかし、お父さんとお母さんは、わたしがあまりにも静かに眠《ねむ》っている様子なので、かえって安心していました。自分たちも、睡魔《すいま》が投げたクモの糸にからみとられて眠《ねむ》りこけるしかなかったのです。

かたわらで眠《ねむ》っているわたしの異様《いよう》に落ちくぼんだまぶたや、血の気《け》をすっかりなくした手足《てあし》、酸欠《さんけつ》のために紫色《むらさきいろ》にむすばれているくちびるには気がつきません。

それに、土曜日はお父さんの勤《つと》めがなかったから、なおさら遅《おそ》くまで眠《ねむ》ることができたのです。

わたしはといえば、明け方近くなって枕《まくら》もとに忍《しの》びよってきた大きな黒い影《かげ》とのかけひきを、そのときもつづけていました。

影《かげ》に抱《だ》かれて空中へ浮《う》きあがると、体の苦痛《くつう》はたちまち遠のきます。しかし、影《かげ》の誘《さそ》いにのって自分の体をはなれ、大好きなお父さんとお母さんを部屋のなかに置き去りにして、遠い世界へ旅立つ心の準備《じゅんび》は、少しもできていませんでした。

影《かげ》はまもなく言葉を発しました。男とも女とも、子どもとも大人とも受けとれません。限《かぎ》りなくやさしげな声でした。

〈由宇ちゃん、いくならいこうか〉

〈ねえ、由宇ちゃん。もういかないと〉

〈いくよ、由宇ちゃん〉

わたしはそのたびに、空中に浮《う》きあがった自分の小さな首を左右にふって、どこへもいきたくない気持ちを示《しめ》しました。

すると、わたし自身が熱で燃《も》えさかる体のなかにすとん、と落とされるような感覚を味わったあとに、影《かげ》の存在が一瞬《いっしゅん》遠のいて、生きている苦痛《くつう》がよみがえるのでした。

生きていることはどうして、こんなにもつらくて苦しいのでしょうか。

午前九時前になって、お母さんがわたしの異常《いじょう》にやっと気がつきました。声をかけてゆすり起こそうとしても、わたしは目をさましません。手足《てあし》にはけいれんが走っています。

「あなたたいへん」

「すぐ病院に連れていこう」

二人はあわてて着替《きが》えをすませると、わたしを毛布《もうふ》にくるんで家をとびだしました。救急車を呼《よ》ぶより、車で直接《ちょくせつ》、かかりつけの病院に運んだほうがはやいと考えたのです。

結果的に、それは裏目《うらめ》にでました。かかりつけの病院は、自宅《じたく》から車で五分もかからない小児科専門《しょうにかせんもん》の開業医でした。土曜日の朝の時間帯、待合室は診療《しんりょう》を受けにきた患者《かんじゃ》やその家族たちでいっぱいでした。

わたしは看護婦《かんごふ》さんの手で、病院の待合室にある、赤ちゃん用の簡易《かんい》ベッドに寝《ね》かされました。

目をうすくあけると、頭の上でクリーム色の天井《てんじょう》が光りかがやいて、ぐるぐるとまわっています。とてもきれい。でも、目をとじると、影《かげ》はあいかわらず、頭のそばに立ってわたしの顔をのぞきこんでいました。

「どこにもいかないもん」

わたしはつぶやきます。影《かげ》がわたしの体を抱《だ》きあげると、肉体の苦痛《くつう》が魔法《まほう》のようにとりのぞかれることはわかっていました。しかし、それはこのわたしを、大好きなお父さんやお母さんのもとから引きはなすための策略《さくりゃく》にちがいないと、そのときわたしは、幼《おさな》い心ながらもうすうす感じとっていたのです。

お医者さんはなかなか姿《すがた》をみせません。そのあいだに看護婦《かんごふ》さんたちは、わたしの熱と体重をはかりました。

ほんとうは、そんなことをしているひまはなかったのです。わたしは脱水症状《だっすいしょうじょう》が極限《きょくげん》にまでたっして、意識《いしき》が遠のいていました。待ったなしの、点滴《てんてき》による水分補給《すいぶんほきゅう》を必要としていたのです。

十五分ほどたって、ようやくお医者さんが待合室にやってきました。いつもわたしをみてくれている女医さんです。

「どうしたの、これ」

女医さんは一目で、赤ちゃんベッドに横たわるわたしの異常事態《いじょうじたい》を察知《さっち》しました。

「すぐに点滴《てんてき》しないと」

しかしそのとき、病院内の数少ない点滴装置《てんてきそうち》は、すべて使用中でした。

看護婦《かんごふ》さんが報告《ほうこく》します。

「じゃあ、海浜病院《かいひんびょういん》だわ」

海浜病院《かいひんびょういん》は、海の近くに建っている、大きな総合病院《そうごうびょういん》です。家からだと車で二十分ほどですが、ここからだと十五分くらいで走りつけます。救急指定病院でした。

「由宇ちゃん、ご両親の車できてるのよね。直接《ちょくせつ》いってもらったほうが、救急車を呼《よ》ぶよりはやく着くわ。私《わたし》、先方《せんぽう》の小児科の先生に連絡《れんらく》いれておきますから」

お父さんがうなずいて待合室をとびだしました。お母さんもわたしを毛布《もうふ》ごと簡易《かんい》ベッドから抱《だ》きあげて、とびだします。影《かげ》も、わたしのそばをずっとはなれません。車のなかまでついてきます。お父さんにもお母さんにも、その存在はみえないようなのです。

お父さんは車をとばしました。ときには赤信号も無視《むし》して。

わたしは助手席でお母さんに抱《だ》かれたまま、気を失っています。ときどき手足《てあし》を、つぶされた直後の虫みたいにひくひくけいれんさせて。それでも、影《かげ》が静かに寄《よ》りそっているのがわかります。

お母さんのおなかがぽこっとつきでているのは、妊娠《にんしん》六カ月のせいです。もちろんそのときのわたしは、そんな事実を知りません。

いつ、めざす総合病院《そうごうびょういん》に着いたかもわかりません。気がつくと、わたしは蛍光灯《けいこうとう》の明かりがなだれのように降《ふ》りおちる、みしらぬ小部屋《こべや》のベッドに寝《ね》かされていました。あいかわらず大きな黒い影《かげ》が、わたしの枕《まくら》もとにじっとたたずんでいます。

そこが海浜病院《かいひんびょういん》の緊急処置室《きんきゅうしょちしつ》だと知ったのは、わたしがそこで死んでからずっとあとになってからのことでした。

白衣の男のお医者さんが、わたしのぺちゃんこの胸《むね》に両手をあてて、心臓《しんぞう》マッサージをつづけています。ベッドのすぐ近くにあるレーダーのような機械が、規則的《きそくてき》なシグナル音を発しています。

「ああ、こまったぞ」

お医者さんがつぶやくのがきこえました。その声が、大きな黒い影《かげ》の声に重《かさ》なります。

〈そろそろいかないと、由宇ちゃん〉

「どこにもいかない」

〈わかるよ、その気持ち。でも、いくとしたら、いまがいちばんなんだ〉

「そんなのいや」

わたしは影《かげ》のみえない両腕《りょううで》に抱《だ》かれて、空中に浮《う》きあがっていました。

お母さんたちはどこにいるの？　わたし一人を、こんなみしらぬ部屋に残したまま、消えちゃった。

「おかあさん、どこ？」

わたしがきくと、影《かげ》が答えました。

〈近くにいるよ。お父さんもいっしょだ〉

「おかあさんたちにあう」

〈じゃあ、どこにいるかみにいこう〉

影《かげ》の誘《さそ》いに、わたしはやっと応《おう》じました。

お父さんとお母さんは、わたしの体があお向けに寝《ね》かされている（口や鼻からは管がとおされています）救急処置室《きゅうきゅうしょちしつ》から、壁一枚《かべいちまい》をへだてた廊下《ろうか》にいました。長椅子《ながいす》にならんで腰《こし》をかけています。二人とも無言で、すごくくたびれたように背中《せなか》をまるめ、肩《かた》を落としています。

わたしは話しかけました。

「おかあさん？　ほらみて。わたし、こんなにげんきなの。もう、どこもいたくないし、くるしくないし、のどもかわいてない。おねつもさがったみたい。からだもかるいよ」

それからわたしは気がつきました。お父さんもお母さんも、目の前の空中に浮《う》かんでいるわたしの姿《すがた》がみえないのです。

影《かげ》がいいました。

〈じゃあ、そろそろ、お父さんとお母さんにさよならをいって〉

「いやだよ。どうして?」

〈ちょっとのあいだ、おさらばさ〉

どこかのいたずらっこみたいにひょうきんな口調《くちょう》です。わたしは少し、気持ちが軽くなりました。影《かげ》がつづけます。

〈でも、いつかまた会えるかもしれないよ〉

「いつかって、いつ?」

〈いつか〉

「だから、いつかって?」

するとたちまち、わたしは病院の廊下《ろうか》の天井《てんじょう》をつきぬけて、もう一つ上の階の廊下《ろうか》の天井《てんじょう》もつきぬけて、さらに上の階の廊下《ろうか》の天井《てんじょう》もつきぬけて、あわせてそっくり六階分くらいの廊下《ろうか》の天井《てんじょう》をつきぬけて、大きな建物の屋上のあたりにいました。

コンクリートの屋根が、視界《しかい》から遠ざかっていきます。どんどん上昇《じょうしょう》しているのです。

まもなく、あたり一面が青い海原《うなばら》になりました。どうして？　わたしは空に向かって上昇《じょうしょう》していったはずなのに、いつのまにか海原《うなばら》に浮《う》かんでいるのです。

いいえ、よくみると、そこは海原《うなばら》ではありませんでした。海水なんて、どこにもありません。どこもかしこも、海原《うなばら》の表面を思わせる青一色のクリスタル状の平地が、ずっとのびて広がっているのです。まるで、晴れた日の青空をひっくりかえして、その向こう側に立ったような気分です。

〈アシャドの入り口へようこそ〉

影《かげ》がいいました。

アシャドって何？　どうやらそこは、この世の果てにある世界のような気がします。

そこがアシャドという世界の入り口なのだと、影《かげ》はいうのです。

影《かげ》はもう大きくも黒くもありません。白くまばゆいばかりにかがやいています。影《かげ》のくせに。ちょっと待って、影《かげ》はもう影《かげ》ではなくなっていました。明るくて手ごろな大きさの空気のかたまりです。バレーボールくらいの大きさでしょうか。

わたしは、大きな解放感《かいほうかん》と心の平安に身を包まれていました。いまばかりは地上に残してきた、大好きなお父さんとお母さんの存在さえ忘《わす》れかけています。

「ここ、すごくきもちがいい」

〈でしょ？〉

白くてもこっとした、さっきまでは影《かげ》だった空気のかたまりが答えます。

〈ほら、おじいちゃんがきたよ〉

空気のかたまりの向こうをすかしみると、遠くのほうから明るくて緑色の光がゆらゆらと揺《ゆ》れながら近づいてきました。音はひとつもしません。

と、目の前に一人のおじいさんが立っていました。体が半分すきとおっています。みたこともない顔です。

「おう、おまえさんが由宇ちゃんか」

おじいさんは気やすく声をかけてきます。

知らない人なので、わたしは自分の足もとをみつめました。でも、わたしの体は半分すきとおっていて、海原《うなばら》のように青いクリスタル状の半透明《はんとうめい》な平地をとおしたかなたには、はるかな下界が望めます。

「そうだよな。おまえさんが生まれたとき、おれはとっくに死んでいたからな。やっぱりいまは無理か。ちょうど物心《ものごころ》がついたころだし。考えてみりゃあ、親のもとをいちばんはなれたくない年ごろだし。ええと、もうすぐ三つ、だったかね?」

質問《しつもん》にもきこえるし、独《ひと》り言《ごと》にもひびきます。お父さんとお母さんのもとへもどりたいという気持ちが、またふくらみました。

〈仕方がないね〉

空気のかたまりがいいます。

それからどうしたかって？

わたしはまだ、アシャドという別世界に足をふみいれる心の準備《じゅんび》ができていなかったのでしょう。

気がつくと、お母さんの右肩《みぎかた》にとまっていたのです。小鳥みたいに。はるかな空の果てにあるアシャドの入り口から、たちまち降《お》りてきたみたいです。

お母さんはわたしの亡《な》きがらを両腕《りょううで》で抱《かか》えて、車に乗りこむところでした。運転席にはお父さんがいます。わたしに心臓《しんぞう》マッサージをほどこしてくれたお医者さんと、看護《かんご》婦《ふ》さんが二人、横にならんで、深刻《しんこく》な顔つきをしたままいっせいに頭を下げました。

車が走りだしました。

わたしは、お父さんやお母さんと家に帰れるのがうれしかったのですが、二人の顔色といったら、ありませんでした。

2　その日―午後

家に向かう車のなかで、わたしは助手席にすわっているお母さんの右肩《みぎかた》から、運転しているお父さんの左肩《ひだりかた》にとびうつりました。

さらに、ハンドルや、ダッシュボードや、お母さんがしっかりと両腕《りょううで》で胸《むね》に抱《かか》えているわたしの亡《な》きがらの上にも移動《いどう》しました。

しかし、とまっていていちばん落ち着くのは、やはりお母さんの右肩《みぎかた》でした。

車が団地《だんち》の駐車場《ちゅうしゃじょう》に着くと、お父さんはすばやく降《お》りて、外から助手席側《じょしゅせきがわ》のドアをあけました。お母さんがわたしの亡《な》きがらを、お父さんの両腕《りょううで》にうつします。

わたしがお父さんの頭にとまって見おろすと、駐車場《ちゅうしゃじょう》の敷地《しきち》に灰色《はいいろ》のしみがこびりついていました。朝、お母さんがわたしを毛布《もうふ》にくるんで車に乗りこもうとしたとき、おなかをおされたわたしの口からとびだした吐瀉物《としゃぶつ》のなごりでした。

あのときのわたしは、お母さんの胸《むね》に抱《だ》かれて意識《いしき》もうろうとしていたけれど、生きていました。いまのわたしは、お父さんの腕《うで》に抱《だ》かれて死んでいます。その姿《すがた》を、お父さんの頭のてっぺんにとまってながめている不思議なわたしがいます。そのわたしの存在に、お父さんもお母さんも気がついていません。

夢《ゆめ》だったらいいのに、と思います。いきなり目がさめて、家のふとんのなかであくびをしている自分にもどることができたなら。

お父さんとお母さんは無言で、エレベーターホールを横切《よこぎ》りました。あたりはひっそりとしていて、人影《ひとかげ》はありません。

一階にとまっていたエレベーターの扉《とびら》をあけて乗りこむと、六階まで一気にのぼりました。共用廊下《きょうようろうか》を足早に歩いて、家のドアの前までやってきました。

わたしはお父さんの頭からお母さんの肩《かた》へとびうつり、ときどき肩《かた》をそのままつきぬけて空中を羽ばたくようにして泳ぎながら、二人にしっかりとついていきます。団地《だんち》の住人《じゅうにん》のだれとも出会《であ》いません。

家のなかは静まりかえっていました。和室六畳《じょう》の寝室《しんしつ》には、ふとんが川の字にしきっぱなしです。まんなかの小さな一つに、さっきまでわたしが寝《ね》ていたのです。

お母さんは、大きなふとんを二つともたたみました。まんなかにあったわたしのふとんだけを残しました。お父さんがわたしの亡《な》きがらを横たえます。お母さんがかけぶとんをかけてくれます。

わたしの亡《な》きがらは、眠《ねむ》っているようにみえます。でも、ほんとうは眠《ねむ》っているのではなく、死んでいるのです。ローソクにゆらめいていた炎《ほのお》が消えてしまったように、命という名前の電源《でんげん》が切れてしまったのです。

わたしは家のなかをとびまわりました。チョウチョウになったみたい。でも、ほんもののチョウチョウではありません。窓《まど》のカーテンのほうに近づいていったら、つぎの瞬間《しゅんかん》、カーテンも窓《まど》もつきぬけて、ベランダにでてしまいました。あわてて部屋のなかにもどります。

いまのわたしは、注意していないとものをすりぬけてしまうのです。床《ゆか》も壁《かべ》も天井《てんじょう》も。ちょっと油断《ゆだん》していたら、お母さんの肩《かた》もお父さんの頭もすりぬけてしまいます。

「おかあさん……」

わたしはささやきました。亡《な》きがらの上におおいかぶさるようにして、目を赤くしているお母さんの右肩《みぎかた》にとまったままで。

お母さんはふりむきません。わたしの姿《すがた》がみえず、肩《かた》にとまっている重《おも》みも感じず、声もきこえないからです。

わたしはいま、たしかにここにいるのに、いないのと同じです。お母さんにとってのわたしは、ふとんのなかでじっと動かない亡《な》きがらのわたしのほうなのですから。

「ユウちゃん、ここにいるよ」

わたしはお母さんに話しかけます。でも、ぜんぜん気がついてくれません。

お父さんがどこかに電話しています。受話器を握る手が冷たくなっています。

わたしのほうは、寒くもなければ暑くもありません。おなかもすいていなければ、のども渇《かわ》いていません。体がなくて、ものをすりぬけてしまうほどの存在なのです。そのかわり、お父さんやお母さんの気持ちや考えていることが、ときおり手にとるようによくわかります。

まだ三歳にもなっていない幼児《ようじ》なのに、大人の感情《かんじょう》や考えがどうしてそうもくわしくわかるのかといえば、それは前にも触《ふ》れたはずです。いまのわたしは、すでに肉体の衣《ころも》をぬぎすてた存在なのです。

時間がたつにつれてじょじょに、しかし確実《かくじつ》に、わたしは地上に漂《ただよ》う人類の情報《じょうほう》をインターネットから取りこんでいくかのように、魂《たましい》としての意識《いしき》を明るく目ざめさせてきました。もうすぐ三歳になる幼児《ようじ》でありながら、すでに大人の知恵《ちえ》と知識を、同時に備《そな》えはじめています。

お父さんは、東京で暮《く》らしているお父さんのたった一人のお兄さんに電話していました。

「けさ、由宇が死んじゃったんだ」

それからお父さんは、東京で暮《く》らすお父さんの年とった両親と、お母さんが信仰《しんこう》をもっているために、わたし自身も二年半前に幼児洗礼《ようじせんれい》を受けたカトリック教会の神父さんに、それぞれ電話連絡《れんらく》をいれました。

「神父さん、すぐにきてくれるって。これから迎《むか》えにいってくる」

わたしはお父さんの左肩《ひだりかた》にとまりました。お父さんといっしょにでかけるのは大好きです。お母さんとわたしの亡《な》きがらを家のなかに残して、わたしたちはでかけました。

エレベーターで一階のホールに降《お》りたときです。山田美咲《やまだみさき》ちゃんが、お母さんと手をつないで立っていました。

美咲《みさき》ちゃんは、わたしの家がある集合棟《しゅうごうとう》の一つ下の階に住んでいます。わたしと同じ年で、同じ幼稚園《ようちえん》にいくつもりだったなかよしの遊び友達です。

「こんにちは」

「ああ、こんにちは」

2　その日 ― 午後

お父さんと美咲《みさき》ちゃんのお母さんが、あいさつを交わしあいます。

〈どうしよう。由宇のことをいま伝えるべきか。いや、いまはとてもいえない。それよりすぐ、神父さんのところへいかないと〉

〈由宇ちゃんのお父さん、いつもとちがう顔してる。夫婦《ふうふ》げんかでもしたのかな？〉

お父さんが歩きはじめます。わたしはお父さんの左肩《ひだりかた》にとまったまま、エレベーターに乗りこんでこっちを向いた美咲《みさき》ちゃんとそのお母さんに手をふってみせます。

美咲《みさき》ちゃんのお母さんの目に、わたしは映《うつ》りません。でも、美咲《みさき》ちゃんがわたしに気がついて、手をふりかえしてくれました。美咲《みさき》ちゃんには、わたしがみえるみたいです。

「ユウちゃん、いたよ」

「由宇ちゃんのお父さんでしょ」

「ユウちゃんだよ」

「はいはい、そうですか」

二人の会話を乗せて、扉《とびら》をしめたエレベーターが上昇《じょうしょう》をはじめます。

わたしはお父さんの左肩《ひだりかた》にずっととまっています。

車が駐車場《ちゅうしゃじょう》をでて、さっき走ってきた道をふたたび逆《ぎゃく》に走っていきます。交差点の信号でとまります。

お父さんは泣いています。

〈どうして由宇、死んじゃったんだ。こんなことってあるのかよ。時間をもどしたい〉

大きなこぶしがハンドルを、がんとなぐりつけます。二度、三度となぐりつけます。

わたしはちょっとこわくなります。

信号が青に変わります。お父さんは息を大きく吸《す》って、はきだしました。

車がまた走りだします。

教会につくと、神父さんがすぐに出迎《でむか》えてくれました。大きな体をした、赤ら顔の外国人神父さんです。アイルランド人で、みんなはオドワイア神父と呼《よ》んでいます。

「はい。お待ちしていました。由宇ちゃんのお父さまですね。さあ、こちらへ」

日本語はぺらぺらです。

車を降《お》りたお父さんは、オドワイア神父のあとを歩いて、神父館のなかにある神父さんの部屋に直接《ちょくせつ》招《まね》きいれられました。

「おすわりください。どうぞ。すぐに用意はととのいますから」

お父さんは頭を下げて、肩《かた》を下げて、腰《こし》を下げます。わたしは、お父さんの頭の上にとまりなおします。

〈神様の助けをかりないと。神様に助けてもらわないと。この人は神様の言葉を知っているんだから。おれはクリスチャンじゃないからな。でも、いまはこの人を家に連れて帰るしかない。佑子《ゆうこ》が待ってる〉

わたしは部屋のなかをみまわします。

興味《きょうみ》をひくようなものは、あまりありません。本棚《ほんだな》には横文字の本がたくさんならんでいます。日本語の本もいくつかありますが、どれも退屈《たいくつ》そうです。机《つくえ》の上は書類でいっぱいです。でも壁《かべ》に、幼子《おさなご》イエスを抱《だ》くマリアさまの絵がかかっていました。

マリアさまなら、わたしは知っています。お父さんが一年前、仕事でフランスにでかけたとき、お母さんへの土産《みやげ》として買ってきたのが、両手をあわせて天に祈《いの》るマリアさまの絵でした。とてもきれいな絵です。

いま、神父さんの部屋の壁《かべ》にかかっているマリアさまの絵の顔も、たいそう気品があってきれいです。

〈こんにちは〉

わたしがいって笑顔《えがお》を向けると、マリアさまはうれしそうにほほ笑んで、あいさつを返してくれました。

〈こんにちは、由宇ちゃん〉

〈マリアさま、きれい……〉

〈ありがとう。由宇ちゃんの汚《けが》れなき魂《たましい》に神様の祝福がありますように。安心してね、わたしがずっとついていますから〉

まもなくオドワイア神父は、おごそかな声で、まいりましょうといいました。

2　その日 — 午後

神父さんを助手席に乗せて、お父さんは車を教会の敷地《しきち》からだしました。きた道をそのままもどればよかったのです。

でも、お父さんは、とちゅうで曲がらなくてもよい道を曲がってしまいました。わたしはきたときと同じように、お父さんの左肩《ひだりかた》にとまっています。

〈あっ、ここはどこだ、ちょっと待てよ〉

お父さんの混乱《こんらん》が伝わってきます。

車はしばらく迷走《めいそう》をつづけました。

オドワイア神父が、さっきたしかにとおったばかりの道を、いまは逆《ぎゃく》に走っているのに気がついて、遠慮《えんりょ》がちにいいます。

「ええと。少々遠まわりをされているような気がしますが」

「すみません。どうやらさっき変なところを曲がって、道に迷《まよ》ってしまったみたいで」

「だいじょうぶですよ、落ち着いて。つぎの信号をたぶん右でしょう」

「ああ、そうですね。この先の交差点だな」

「はい、そうです。ここですね」

〈よかった。ここにでてきたのか。ここからなら家に帰れるぞ〉

大きなソバ屋の看板《かんばん》を目にして、お父さんは息をつきます。

「おとうさんがんばって」

わたしは耳元《みみもと》でささやきました。

お父さんはきいていません。オドワイア神父にもきこえません。

でも、これで家に帰れそうです。

〈家に帰っても、由宇はいないんだ。この広い空の下のどこにもいない〉

家に帰りついたというのに、お父さんの落胆《らくたん》した気持ちが、ドライアイスの煙《けむり》みたいに沈《しず》んでいくのがわかります。

「わたし、いるのに。ほらここに」

お母さんはまだわたしの亡《な》きがらの前にいました。わたしは部屋のなかをとんで、お母さんの右肩《みぎかた》にとまります。

「ただいま、おかあさん」

お母さんは気がつきません。ちょっとがっかり。でも、仕方ありません。わたしは、この世の果てにある、アシャドという別世界の入り口の手前からもどってきたばかりの魂《たましい》なのですから。

オドワイア神父が、わたしのために祈《いの》りはじめました。香《こう》をたいて、一時間近くも祈《いの》りつづけました。

わたしはとても気分がよくなりました。美しい光が集まってきて、わたしをまるごとやさしく包みこんでくれます。

わたしは神父さんの祈《いの》りによっていやされました。神父さんのたく香《こう》の煙《けむり》が、わたしの気持ちをますます楽にさせました。

儀式《ぎしき》が終了《しゅうりょう》しました。

お父さんがオドワイア神父を教会へ送りとどけにいっているあいだ、わたしはお母さんの右肩《みぎかた》にずっととまっています。

2　その日 ― 午後

お母さんは台所に立って、洗《あら》い物をはじめました。オドワイア神父にだしたコーヒー茶わんを洗《あら》っているのです。無心で洗《あら》っています。

そのとき、玄関《げんかん》のチャイムが鳴りました。お母さんがインタホンにでると、きいたことのある声がしました。山田美咲《やまだみさき》ちゃんのお母さんでした。

「こんにちは、山田です。あの、お忙《いそが》しいところごめんなさい。いなかからおいしいおせんべい、たくさん送ってきたので」

お母さんは玄関《げんかん》のドアをおしあけました。

美咲《みさき》ちゃんのお母さんは、ドアの向こうに姿《すがた》をあらわしたわたしのお母さんの顔色をみて、すぐに悟《さと》りました。

〈由宇ちゃんに何かあったんだ。お家《うち》のなかに立ちこめているこの香《かお》りは？　まさか。でも、いつもお母さんといっしょにでてくる由宇ちゃんがいない〉

お母さんは、自分でも驚《おどろ》くほど落ち着いた声で、自分たちにふりかかった不幸を、美《み》咲《さき》ちゃんのお母さんに話しました。

わたしの死は、その日のうちに、団地《だんち》じゅうに知れわたります。

まもなくお父さんが帰ってきました。

わたしたちはふたたび、家族三人の水入《みずい》らずになりました。でも、それをよろこんでいるのはわたし一人です。

お父さんとお母さんは、冷蔵庫《れいぞうこ》にあるもので遅《おそ》めの昼食をとりました。それから居間《いま》のソファにならんですわって、肩《かた》を寄《よ》せあい、またひとしきり涙《なみだ》にくれました。その、暗く陰鬱《いんうつ》にどこまでも沈《しず》みこんだ雰囲気《ふんいき》が、わたしはたまらなくつまりません。

わたしはあいかわらず、お母さんの右肩《みぎかた》にとまったままで、意識《いしき》を心の内側に向けてみます。

床《ゆか》も壁《かべ》も天井《てんじょう》もあわい白一色の小部屋《こべや》にとじこもったみたいな感覚が、気持ちを和《やわ》らげました。孤独《こどく》や不安や恐怖《きょうふ》といった感情《かんじょう》はありません。それは結果的に、心をとざす行為《こうい》でした。心をとざすと、ときがおそろしい勢《いきお》いで流れていくのがわかります。

つぎに心をひらいたとき、窓《まど》にカーテンが引かれていました。夜になっていたのです。

でもわたしは、ごはんを食べたいとは思いません。大好きだったオレンジジュースを飲みたいとも思いません。絵本を読んでもらいたいとも思いません。おふろにはいりたいとも思いません。テレビのアニメ番組をみたいとも思いません。オモチャで遊びたいとも思いません。ふとんにもぐりこんで眠《ねむ》りたいとさえ思いません。それらはどれも、体があればこその欲求《よっきゅう》でした。

お父さんとお母さんは、そろそろ眠《ねむ》りにつく時間を迎《むか》えていました。川の字にならんだふとんのまんなかに、わたしの亡《な》きがらが横たわっています。

まもなく部屋の明かりが消えました。

わたしは暗い部屋でもよくみえます。

〈あすの朝、目がさめたら、由宇もいっしょに起きてきてくれないだろうか〉

お父さんの思考が闇《やみ》を流れます。

〈あるわけないか……〉

お母さんのほうは、きょう一日のできごとをあらためて思いだして、あふれだしてきた涙《なみだ》で、ふとんを濡《ぬ》らしています。

わたしはお母さんの右肩《みぎかた》からはなれると、ふとんの上をぴょんぴょんとびました。お母さんのおなかのふくらみの上にとまります。ふくらみは、まだそれほど大きくなってはいません。でも、お医者さんの計算によると、出産《しゅっさん》予定は八月の中旬《ちゅうじゅん》だということです。

お母さんはうとうとと、夢《ゆめ》をみています。マンションの敷地内《しきちない》にある児童公園に、わたしを連れてきている夢《ゆめ》です。

明るく青くすみわたった午前中の空の下です。わたしは砂場《すなば》にしゃがみこんで、おもちゃのシャベルで砂《すな》を掘《ほ》っています。

お母さんは、砂《すな》のなかに猫《ねこ》のふんがまじっていないか気を配っています。猫《ねこ》のふんには、ばい菌《きん》がたくさんついているからです。そんなばい菌《きん》をわたしが手につけたあと、服にこすりつけたり、口にしたりしたらたまりません。お母さんは、用心深く、砂場《すなば》のあちらこちらに目をこらします。

どうやら猫《ねこ》のふんはどこにもありません。お母さんはひと安心して、視線をもとの場所にもどします。

そこではわたしが、しゃがみこんで砂《すな》に向かってシャベルを動かしているはずでした。ところが、わたしの姿《すがた》が消えています。小さな、合成樹脂《ごうせいじゅし》でできた黄色いシャベルが一つ、砂《すな》の上にほうりおかれているだけです。

あの子はどこ？　お母さんは立ちあがります。あたりに視線をめぐらせます。

それから、お母さんは気がつきます。

そうだ、あの子は死んだのね。けさ、海の近くの総合病院《そうごうびょういん》で。お医者さんの心臓《しんぞう》マッサージを受けながら。遅《おそ》かった。もっと早めにしかるべき処置《しょち》をとっておけば、死ななかったかもしれない。でも、いまさら悔《く》やんでも、どうにもならない。

あの子は死んだ……。

そしてお母さんは目をあけます。薄暗《うすぐら》い部屋のなかで。川の字にならんだふとんのまんなかに寝《ね》ているわたしに、いや、わたしの亡《な》きがらに濡《ぬ》れた目をさまよわせます。

「ユウ、いま、おかあさんのおなかのうえにいるんだよ」

わたしの声がきこえないお母さんは、ふとんのなかで寝返《ねがえ》りをうち、背中《せなか》をまるくふるわせます。あふれだしてきた涙《なみだ》をおさえようと、くちびるをかみます。

わたしは、お父さんの夢《ゆめ》にももぐりこんでいけます。お父さんは、さみしそうないびきをかいています。いびきはお父さんにはきこえません。風の音にしかきこえません。

そこはやはり、児童公園です。わたしの補助輪《ほじょりん》つきの自転車が、公園のすみの水飲《みずの》み場《ば》の近くで、横だおしになっています。お父さんは、それがわたしの自転車だとわかると、あたりに目を配ります。

わたしはお父さんのかたわらにいました。おかっぱ頭を風にふるふると揺《ゆ》らせて、お父さんの顔を見あげています。

「じてんしゃ、あったね」

わたしの声がきこえます。

「うん。だれかが乗ってきちゃったんだ。でも、あってよかったね」

「うん。あってよかった」

「じゃあ、お家《うち》に帰ろうか」

お父さんは自転車を起こして、引いて歩きはじめます。わたしはあとからひょこひょこついていきます。

〈だれがもってきたんだろう？　由宇じゃないことはたしかだな〉

お父さんは、そう思っています。三週間くらい前に、ほんとうにあったことです。だれかがわたしの自転車に乗って公園までいって、自転車を降《お》りて姿《すがた》をくらましたのです。

お父さんは、わたしがちゃんとついてくるかどうか、確《たし》かめながら歩いていきます。

わたしは、ちゃんとついていきます。自転車を、団地《だんち》の自転車置き場にならべてとめます。

お父さんはわたしをふりかえります。

わたしの目が訴《うった》えかけていることを、すぐにわかってくれるのです。

「お家《うち》までだっこかな？」

「わーい」

お父さんは、その場でバンザイの格好《かっこう》をしたわたしをすくいあげます。

〈重《おも》たくなってきたなあ〉

やがて、お父さんはもっと深い眠《ねむ》りに落ちこみます。いまみた夢《ゆめ》は忘《わす》れさられます。断片《だんぺん》も残りません。ちりじりになって、記憶《きおく》のかなたの迷宮《めいきゅう》へと吹《ふ》きとばされていきます。

わたしはお母さんのおなかの上にとまったまま、朝がくるまで当面のあいだ、心をとざすことにしました。

3　二日目

朝になりました。

わたしが心をひらいたとき、お父さんとお母さんはとっくに起きてふとんをたたみ、着替《きが》えをすましていました。居間《いま》の壁《かべ》かけ時計の針《はり》は、もうすぐ八時になるところです。

わたしは、部屋の片隅《かたすみ》にうつされたふとんのなかの、わたしの亡《な》きがらの上にとまっていました。いつとまったのでしょう？　きのうの夜は、お母さんのおなかの上にとまっていたのに。なかに赤ちゃんがはいっていて、もっこりとふくらみはじめたおなかです。

きっと、お母さんがふとんから起きあがったとき、そのままとり残されて、無意識《むいしき》に自分の亡《な》きがらの上にとびうつったのでしょう。

わたしは部屋を小鳥のようにとんで、いちばんとまり心地《ここち》のよい、お母さんの右肩《みぎかた》にとまりなおしました。

お母さんが、おはようの声をかけてくれることはありません。お父さんもまた、わたしがいることには気がつかず、ソファにすわって新聞を広げています。でも、その目はうつろです。活字を追ってはいません。

〈日曜なのに〉

お父さんの心の声がきこえます。

〈由宇と散歩することは、もうないんだ〉

ユウ、ここにいるよ。

わたしはささやいたつもりですが、声はでてきません。まず体があって、声帯がふるえなければ声はでないのです。声は音で、音は空気や物質《ぶっしつ》の助けを借りて移動《いどう》します。

あたりに満ちあふれる宇宙《うちゅう》の知識が、そうしたことを教えてくれています。三歳の誕生日《たんじょうび》を迎《むか》えることなく終わった人生で学んだことは、たいして多くはありませんでした。でも、いま、わたしはいろいろなことを知りはじめています。

しかも、そうした知識は、時間を追うごとにどんどん深まっていきます。まるで、大昔に忘《わす》れていたことを一つひとつ思いだしてきているみたいに。

心のなかで宇宙《うちゅう》の知識をおさらいしているあいだに、たちまち二時間ほどがたってしまいました。

玄関《げんかん》のチャイムが鳴りました。お父さんとお母さんは食卓《しょくたく》に向かいあってすわり、お茶を飲んでいるところでした。

玄関《げんかん》にあらわれたのは葬儀屋《そうぎや》です。オドワイア神父から連絡《れんらく》を受けて、わたしの通夜と葬儀《そうぎ》ミサの段取《だんど》りを相談するために、朝いちばんでやってきたのです。

葬儀屋《そうぎや》は中村さんという名前でした。短く刈《か》った頭には、白いものがちらほらと混《ま》じっています。お父さんよりだいぶ年上にみえます。濃紺《のうこん》の背広《せびろ》上下を着て、黒いネクタイをしめています。

中村さんは神妙《しんみょう》な顔をして上がりこんでくると、まっさきにわたしの亡《な》きがらが横たわっているふとんの枕《まくら》もとに正座《せいざ》して、両手のひらをあわせました。

祈《いの》ってくれている声がきこえます。

〈ナムアミダブ。おやおや、こんなに小さくてかわいい顔をしているのに、死んじゃうなんて。仕事とはいえ、きょうは朝からたまらない気分だな。けっこう悲しい葬式《そうしき》になりそうだ。迷《まよ》わず成仏《じょうぶつ》するんだよ〉

深々《ふかぶか》と、おじぎをしてくれました。

中村さんはお父さん、お母さんといくつかの相談ごとをまとめると、お母さんがわたしのアルバムから、さんざん迷《まよ》った末に選びだした一枚《まい》の写真をふところにいれて帰っていきました。

通夜はきょうの夕刻《ゆうこく》、自宅《じたく》に祭壇《さいだん》をもうけて近親者だけで行います。葬儀《そうぎ》ミサはあさって火曜日の午前中、お母さんとわたしの二人が信徒だった教会でひらく、ということになりました。

午後になって、中村さんはオドワイア神父をともなってまたやってきました。

二人はてきぱきと働いて、せまい部屋のなかにたちまちキリスト教式の祭壇《さいだん》ができあがりました。

白い布《ぬの》でおおわれた小さな机《つくえ》の上には、十字架《じゅうじか》とロウソクと、中村さんがたちまち引きのばして額《がく》にいれてくれたカラー写真の遺影《いえい》がならびました。その奥《おく》にわたしの亡《な》きがらを納《おさ》めた小さな柩《ひつぎ》が安置されました。

オドワイア神父が祭壇《さいだん》の前に立って、流暢《りゅうちょう》ではあるけれども、ところによってはたどたどしくもある日本語で、お祈《いの》りを唱《とな》えはじめました。

「わが主《しゅ》イエスが死んでのちに復活《ふっかつ》し、永遠《えいえん》の命へと過《す》ごされましたように、洗礼《せんれい》によってキリストに結ばれた故人《こじん》が、信仰《しんこう》のうちに待ちのぞんでいた復活《ふっかつ》の命にあずかりますように……」

わたしはお母さんの右肩《みぎかた》にとまって、わたしの遺影《いえい》をながめています。

遺影《いえい》のなかのわたしは、まだはじまったばかりだといってもよいはるかな人生を前に悲しいことなんて一つもありゃしないといった笑顔《えがお》をカメラに向けています。去年の夏の終わりに、家のベランダでお父さんに撮《と》ってもらった一枚《まい》です。

〈この写真が遺影《いえい》になるなんて、考えもしなかったわ。幼児洗礼《ようじせんれい》を受けさせていたのも、この日がくることを予期していたからというわけではぜんぜんないのに〉

お母さんの気持ちは、水底をめざす石のように重《おも》たく落ちていきます。

〈神様は私《わたし》のことを試されているのかしら。これは試練なの？　私《わたし》がいいかげんな信者だから？　洗礼《せんれい》は受けていても、神様のことは何も知らない。このごろは、日曜日がきても教会へはほとんどいかなかったし、教会の意義《いぎ》もわからない。夫もクリスチャンじゃないし。そんな私《わたし》を、神様は諫《いさ》めようとしているのかしら。だったら私《わたし》、そんな神様はぜんぜん好きになれない。神様の愛なんて、信じられない。神様なんてきらいだ〉

わたしは神様がどこか近くにいるのかもしれないと思って、あたりをみまわしました。神様らしい人の姿《すがた》はありません。

だいたい、神様というのはどんな顔や姿《すがた》、形をしているのでしょうか。わたしはまだ一度もみたことがないので、たとえすぐ近くにいたとしても、とっさにはわからないだろうことに気がつきました。

やがて、儀式《ぎしき》が終わりました。

「ではわたし、夕方六時にふたたびまいります。お二人とも、気持ちをしっかりともちましょう。神が悲しみに沈《しず》むあなたがたを助け、励《はげ》ましてくださいますように、アーメン」

そんな言葉を残すと、オドワイア神父は中村さんとともに引きあげていきました。

夕方になるまで、わたしはお母さんの右肩《みぎかた》にとまっていました。

お母さんはわたしを右肩《みぎかた》に乗せたまま、深く考えるのをやめて、部屋を掃除《そうじ》したり、台所に立ったり、近くの人がもってきてくれた花を祭壇《さいだん》に飾《かざ》ったりと、忙《いそが》しく動きまわっていました。

3　二日目

悲しみから逃《のが》れる一つの方法は、心が悲しみに沈《しず》むひまもないほど、あれこれと忙《いそが》しくたち働くことだということを、お母さんは無意識《むいしき》のうちに心得《こころえ》たみたいです。

日が落ちて、窓《まど》のカーテンの向こうの空がしだいに暗くなっていくと、最初に姿《すがた》をみせたのは、お母さんのお兄さん夫婦《ふうふ》でした。お母さんは五人兄弟姉妹の、兄、姉、姉につづく四番目で、下に弟がいます。

お母さんのお兄さん夫婦《ふうふ》は、淳平《じゅんぺい》おじさんと花枝《はなえ》さんです。淳平《じゅんぺい》おじさんは怒《おこ》ったような顔を、花枝《はなえ》さんは泣きだしそうな顔を、ともに喪服《もふく》のえりから浮《う》かびあがらせています。

「大変だったな、大丈夫《だいじょうぶ》か。うん、ほんとうにびっくりしたよ」

淳平《じゅんぺい》おじさんがお母さんに声をかけ、お父さんには頭を下げて、無言のままの花枝《はなえ》さんといっしょに祭壇《さいだん》に向かいました。

祭壇《さいだん》の奥《おく》にある柩《ひつぎ》のふたはあいています。

二人は、お母さんの手できれいに化粧《けしょう》がほどこされたばかりのわたしの顔をのぞきこみました。赤い口紅《くちべに》は、もっとほかのときにつけてもらいたかったな。

「かわいそうに……」

花枝《はなえ》さんがすすりあげます。

〈どうしてこんなことになっちゃったの、由宇ちゃん、思いきりかわいくて美人だったから、神様が嫉妬《しっと》したのかしら。かわいそう。なんだか、眠《ねむ》っているみたいにみえるわ〉

チャイムが鳴りました。お母さんは花枝《はなえ》さんに寄《よ》りそって、柩《ひつぎ》をのぞきこんでいます。右手にもっているハンカチは、涙《なみだ》でぐしょ濡《ぬ》れです。その右肩《みぎかた》にわたしがとまっていることは、だれも知りません。

お父さんが腰《こし》を上げて、玄関《げんかん》に向かいました。ドアをおしあけると、お母さんのすぐ上のお姉さんの亮子《りょうこ》おばさんと、そのだんなさんが立っていました。

それからまた、お父さんがドアをしめないうちに喪服《もふく》の集団《しゅうだん》がやってきました。わたしの知っている顔もあれば、知らない顔もあります。いいえ、知らない顔のほうがずっと多いです。

一時間もたたないうちに、せまい家のなかは弔問客《ちょうもんきゃく》であふれ返りました。わたしの家がある市内だけではなく、県内や東京や近隣《きんりん》の町や村からも駆《か》けつけてきてくれたのです。近親者もいましたが、お父さんの会社関係者や友人、知人、それから団地《だんち》の住人《じゅうにん》たちもぞくぞくと訪《たず》ねてきてくれました。

まもなく六時になって、オドワイア神父が到着《とうちゃく》しました。オドワイア神父は、通夜にそなえた衣装《いしょう》でした。聖水《せいすい》をまき、香《こう》をたいて、祈《いの》りの言葉をラテン語で唱《とな》えました。

お母さんの右肩《みぎかた》から、気晴らしにお父さんの頭の上にとびうつっていたわたしは、ふたたび居心地《いごこち》のよいお母さんの右肩《みぎかた》にとまりなおしました。

神父さんの祈《いの》りをきいていると、心が軽くなっていきます。日差しのようにあたたかいお湯に浸《つ》かって、手足《てあし》をのばし、目をとじているときの感覚？　お母さんに抱《だ》かれて眠《ねむ》りの世界に沈《しず》んでいくときの気分？　いや、実際《じっさい》はその百倍もよい心地《ここち》です。

わたしは、うとうとしてしまいました。心が自然にとじていきます。目の前に、記憶《きおく》の動物園の入り口が広がりました。

3　二日目

左右からお父さんとお母さんに手を引かれて、園内を歩いていました。ときどき連れていってもらった、市内にある動物公園によく似《に》た場所です。気持ちのよいお天気です。

わたしは柵《さく》のこちら側から、サル山をのぞいています。群《む》れのなかでも、特に体の大きな赤毛のサルが一ぴき、とびはねるようにしてこちらへやってきました。

「こんにちは」

声をかけると、サルがいいました。

「やあ、幼《おさな》くして命の果てる者はさいわいなり。その先に待つものは、アシャドの門よりほかはないからだ、汚《けが》れなき者よ」

サルは胸《むね》を張《は》ると、まわれ右をしました。赤いおしりをこちらにみせつけて、仲間の群《む》れにもどっていきます。

お父さんにもお母さんにも、サルの声はきこえていないみたいです。

「ほら、あそこにキリンさんがいるよ」

お父さんが子どもみたいな声をだします。わたしがふりむくと、獣舎《じゅうしゃ》のなかから長い首をつきだしているキリンと目があいました。

キリンは泣いていました。その長いまつげの下の大きく澄《す》みきった柔和《にゅうわ》な目から、真珠《しんじゅ》のような涙《なみだ》がころころとこぼれ落ちているのが、遠くからでもよくみえました。

「キリンさん、どうしてないてるの？」

わたしがきくと、キリンは首をゆるやかにゆすって、答えます。

「あたしの首は長いでしょ。遠くのことがよくみえるのよ。あなたのお名前は？」

「ユウ」

「やっぱり由宇ちゃんね」

キリンは瞬《また》きました。大きな涙《なみだ》の玉がまた一つ転がりおちました。わたしのことを知っているのです。知っていて、泣いています。やさしい目をしたお母さんキリンでした。

「あなたの歩いていく先がみえるわ。いかないでといっても、いってしまう。それがあたしにはよくみえる。だから泣いているのよ」

「ありがとう。わたしのためにながしてくれているなみだだったのね」

「でも、だいじょうぶ」

キリンは長い首をまた一つ、ゆるやかにしならせてから、つづけました。

「神様は何度でも、あなたにチャンスをお与《あた》えになるでしょう」

ほんとうにかわいそうなのは、わたしではないのかもしれません。近い将来《しょうらい》、このわたしを失うことになるだろうことを、いまはまるで予測《よそく》もしていないお父さんであり、お母さんなのです。

「ゾウさんのところへいってみましょうか」

お母さんがいいました。

お母さんは初夏の日差しをさけるために、うす茶色の帽子《ぼうし》をかぶっています。わたしが二歳になったとき、ケーキを買いにいくついでに、家の近くの商店街の用品店で、発作的《ほっさてき》に買ったものです。

ゾウはいつみてもさみしげです。巨体《きょたい》を支《ささ》える巨大《きょだい》な四本の脚《あし》をゆっくりと動かしています。どこもかしこも重《おも》たいのでしょう。赤い小さな目が、悲しみに沈《しず》んでいます。

「ゾウさん」

わたしが呼《よ》ぶと、ゾウは静かにこちらを向きました。短いしっぽが揺《ゆ》れています。

「由宇ちゃんだね。いまの幸せをしっかりとかみしめることだ。あしたを思いわずらってはいけないよ」

「うん。でも、それならゾウさんはどうしてそんなにかなしそうなの？」

ゾウは深いため息を一つつきます。

「いうのはやさしい。思ったことをいえばいいだけだから。でも、自《みずか》ら行うのはむずかしいんだよ。だれにもいえることさ」

「ゾウさんには、わたしのみらいがみえているの？　キリンさんみたいに」

「いいや。人の未来はそれほどたしかに決まっているわけでもなさそうだ。みえてきたものはほとんどが実現《じつげん》するが、その先にはみえない未来がどこまでも広がっている。そのみえない未来によって、みえてきたあしたが変わることは、よくあることだ」

ゾウの言葉はなぞかけのようです。

遠くのほうに、小さな駅舎《えきしゃ》がみえました。園内を一周する記憶鉄道《きおくてつどう》の始発駅です。いつのまにか、お父さんとお母さんの姿《すがた》が消えています。わたしは迷子《まいご》になったのかもしれません。少しもさみしくありません。どうしてでしょう。さみしいという感情《かんじょう》を、どこかに置きわすれてきてしまったみたいです。

一人で歩いて、記憶鉄道《きおくてつどう》の古い駅舎《えきしゃ》に着きました。無人の改札口をとおりぬけます。階段《かいだん》を上がると、ホームに一両だけの列車がとまっていました。ドアがあいています。始発列車のようです。

わたしは手近《てぢか》のドアをくぐって、車内《しゃない》に足をふみいれました。

右にも左にも、一人がけの座席《ざせき》がずらっとならんでいます。どれも窓《まど》のそばです。窓側《まどがわ》であり、廊下側《ろうかがわ》でもあります。とにかく座席《ざせき》は一つずつしかないのですから。

数《かぞ》えたら、先客《せんきゃく》が十人ほどいました。みんな静かに席について、窓《まど》の外に顔を向けています。大人もいれば子どももいます。お年寄《としよ》りもいれば、わたしのような小さな子も一人います。五つくらいの男の子です。だれもが一人旅のとちゅうといった感じにみえます。

だれも話していません。一人きりの世界にとじこもっているのでしょうか。園内の遊《ゆう》戯《ぎ》施設《しせつ》の一つである鉄道だというのに、楽しそうな顔をしている人はみかけません。

わたしが広い廊下《ろうか》を歩いて、空いている座席《ざせき》の一つについたら、発車のベルが鳴りました。一つの車両に四つあるドアが、いっせいにしまりました。

列車はがくんとゆれて、そのあとは滑《すべ》るようにして動きはじめました。窓《まど》の外の景色が後方へ後方へと流れていきます。わたしはそんな景色に目をこらしました。

そこはもう、動物園ではありません。

わたしは、明かりのたっぷりと降《ふ》りそそぐ病院の小部屋《こべや》で、生まれて初めての息を吸《す》いました。神様のもとにあった魂《たましい》と、地上で待ちうけている肉体が、大宇宙《だいうちゅう》の魔法《まほう》によっていっしょになった瞬間《しゅんかん》です。

人の一生は、まさにその瞬間《しゅんかん》からはじまるのです。とはいっても、お母さんのおなかのなかにいるあいだ、赤ちゃんは外部からきこえる人の声や音楽などに敏感《びんかん》に反応《はんのう》します。そうした記憶《きおく》はそっくりそのまま、この世に生まれでてからも魂《たましい》の記憶《きおく》として引きつがれるのです。

そのとき、お父さんは仕事で遠くへでかけていました。しかし、お母さんに付きそっていたおばあちゃんから連絡《れんらく》を受けると、風のようにまいもどってきました。

四月二十六日でした。わたしの体重は二千九百八十グラム。やや小さめだったかもしれません。両手を小太鼓《こだいこ》のバチの先端《せんたん》についているこぶみたいに握りしめて、歯のない口をしわくちゃにゆがませて、元気よく泣きました。お父さんとお母さんのあいだに生まれた、初めての赤ちゃんでした。

泣く子は育つといわれます。ほんとうによく泣きました。泣いていないときは、おしゃべりをしているか、笑っているか、ミルクを飲んでいるか、眠《ねむ》っているかです。

列車はトンネルにはいりました。短いトンネルでしたが、くぐりぬけたときはもう、一歳の誕生日《たんじょうび》を迎《むか》えていました。

お父さんはことあるごとに、わたしの写真を撮《と》りました。会社がお休みの日は、朝も昼も夜も、シャッターをおす音が途切《とぎ》れることはありませんでした。

やがて、ビデオカメラを買ってきました。家のなかではもちろん、道で、公園で、広場で、遊園地で、買い物にでかけたときも、お父さんはビデオカメラをわたしに向けて、テープをまわしつづけました。

わたしは、居間《いま》にある大きな画面のテレビに映《うつ》る自分の動く姿《すがた》をみるのが好きでした。声をきくのも好きでした。

お父さんとお母さんはわたしをおだてて、マイクがわりに大きなスプーンをもたせました。カメラの前で歌わせました。

わたしは歌手になったつもりで、テレビアニメの主題歌や、おぼえたての童謡《どうよう》やヒット曲をあきもせず歌いました。お父さんはあきもせず、カメラをまわしつづけました。

お母さんはあきもせず、お父さんのとなりで、わたしの歌に手拍子《てびょうし》を送りました。

3　二日目

列車が橋を渡《わた》りおえたときは、二歳になっていました。すでにこのとき、わたしは人生の半分以上を過《す》ごしていたのです。でも、そんな悲劇《ひげき》の到来《とうらい》をてびょうし、そのとき知っている人はひとりもいませんでした。

体が少しずつ大きくなってきたわたしは、お父さんに手を引かれてよく近くの児童公園にいきました。

児童公園は、わたしたちが暮《く》らしている団地《だんち》のなかにありました。すべり台やブランコや砂場《すなば》でよく遊びました。鉄棒《てつぼう》は、まだうまくできなかったけれど、興味《きょうみ》がありました。いつかは、鉄棒《てつぼう》の上に乗ってダンスを踊《おど》ってみたいと思っていたのですから。

お父さんは鉄棒《てつぼう》の前までわたしを連れてくると、少しはなれた場所にわたしをしゃがみこませました。得意そうにいいました。

「逆《さか》あがりをしてやろうか。よくみてるんだぞ。もうちょっと大きくなったら、由宇にもできるようになるからね」

鉄棒《てつぼう》の高さは、お父さんの胸《むね》のあたりでした。三つならんでいるうちの、いちばんはしにある高い棒《ぼう》です。日の光を浴びて、銀色にかがやいています。

大きなお父さんの両肩の背後《はいご》に、青く澄《す》みきった空がありました。

「えいや」

お父さんはジーパンの両足を、青い空に向けて突《つ》きあげました。風が吹《ふ》きました。とたんに、ポケットのなかから小銭《こぜに》がじゃらじゃらと音を立てて地面に落ちました。

「たいへんたいへん」

わたしは立ちあがると、地面にばらまかれたお父さんの小銭《こぜに》を、一つひとつ拾いあつめはじめました。

「失敗しっぱい」

お父さんは顔を赤くして頭をかきました。

列車はまた、トンネルにはいりました。

気がつくと、わたしは写真のなかにいました。お父さんが家のベランダで撮《と》ってくれた一枚《まい》です。

通夜の儀式《ぎしき》はあらかた終わっていました。

泣いている人が、たくさんいました。

わたしは写真のなかからとびだして、お母さんの右肩《みぎかた》にとまりなおしました。なんといっても、そこがいちばん気持ちの落ち着く場所なのですから、仕方がありません。

4　八日目

　わたしは死んでからのまる七日間、だれにもみえず、きこえず、触《ふ》れることさえできない、宙《ちゅう》にただよう小鳥となって、地上にとどまりました。

　昼間はだいたいお母さんの右肩《みぎかた》か、お父さんが家にいるときは、その頭のてっぺんにとまってときを過《す》ごしました。

　夜のあいだは、赤ちゃんがなかにいて、もっこりとふくらんでいるお母さんのおなかがあるふとんの上にとまっていました。

　赤ちゃんは、この世に生まれてくる準備《じゅんび》を着々《ちゃくちゃく》ととのえているようでした。わたしの弟か妹です。耳を澄《す》ますと、ほんとうにかすかではあるのですが、心臓《しんぞう》の鼓動《こどう》がリズミカルにきこえてきます。

心臓《しんぞう》の鼓動《こどう》は、それがお母さんの子宮《しきゅう》の壁《かべ》にエコーを残して、ときんときん、ときんときん、と歌っているようにもきこえます。

人間には、目も耳も、手も足も肺《はい》も腎臓《じんぞう》も左右あわせて二つあります。でも、心臓《しんぞう》だけは一つしかありません。それは命そのものです。いま、その命はしっかりと、お母さんの命とつながっているのです。

赤ちゃんの顔を、早くみたいなあ。

それから、わたしの気持ちは現実《げんじつ》に引きもどされました。

赤ちゃんが生まれてきたら、お父さんとお母さんは夢中《むちゅう》になるでしょう。わたしのことなんか忘《わす》れてしまうかもしれません。

わたしはいつまでも、お父さんとお母さんのそばをはなれたくありません。お父さんとお母さんにはいつまでも、わたしを忘《わす》れることなく愛しつづけてもらいたいのです。

わたしの葬式《そうしき》は、オドワイア神父の教会で行われました。参列者も少ない、とてもひそやかでさみしい葬式《そうしき》でした。

式が終わると、小さな柩《ひつぎ》に納《おさ》まったわたしの小さな亡《な》きがらは、葬儀屋《そうぎや》の車で火葬場《かそうば》に運ばれました。花や手紙やオモチャや、大好きだったクマさんのぬいぐるみなどといっしょに、あっというまに焼かれて、地上から永遠《えいえん》に消えさりました。

亡《な》きがらとはいっても、この世にもどるべき体をついになくしてしまったわたしは、気持ちがぐんと落ちこみました。わたしはこうして地上にとどまっているのに、お父さんとお母さんにはその姿《すがた》がみえないのです。声もきこえないし、触《さわ》ることもできません。

そんな存在のわたしは、お父さんとお母さんにとってはいないのと同じです。

その上、お父さんとお母さんがわたしのことをわたしと認《みと》めてくれていた、たった一つの証《あか》しでもあるわたしの亡《な》きがらが、ついにこの世から消えさったのです。

そして、お母さんのおなかにはいま、わたしの弟か妹になるだろう赤ちゃんという、新しい命が宿っています。大宇宙《だいうちゅう》の魔法《まほう》によって、その体に魂《たましい》が吹《ふ》きこまれるのは出産《しゅっさん》と同時とはいっても、赤ちゃんはもう、どこからみてもすっかり人間そのものです。五感も、記憶力《きおくりょく》も完全にそろっています。

そんなことをつらつらと思いながら、この世での進退《しんたい》がきわまった気分になっていたわたしのもとにオオハクチョウがあらわれたのは、死んでから八日目の朝のことでした。

全身が純白《じゅんぱく》な羽毛でおおわれて、いまにもぽきっと音を立てて折れてしまいそうなほどに細くて黒くてしなやかな脚《あし》をもったオオハクチョウは、しかし、お父さんとお母さんやほかの生きている人たちの目にはみえない存在でした。

オオハクチョウは、言葉を話しました。もちろん日本語です。わたしの名前を知っていました。

「由宇ちゃんを迎《むか》えにきたのさ」

オオハクチョウの声は、耳たぶをくすぐる感じで心地《ここち》よくひびきました。いまのわたしに耳たぶがあればの話ですが。

「ユウ、どこにもいかないよ」

「やれやれ、こまったな」

「どうしてあなたがこまるの？」

「そうだな。たとえば郵便屋《ゆうびんや》さんが由宇ちゃんあてに手紙をもってきたとする。でも、由宇ちゃんはいりません、受けとれません、という。郵便屋《ゆうびんや》さんはこまるだろ？」

「うん」

オオハクチョウはくちばしをあけて、にかっと笑いました。その笑顔《えがお》ひとつだけで、わたしはオオハクチョウが好きになりました。だから、相手の話に少し耳をかたむけてみようと思いました。

「わたしをいったい、どこへ連れていくために迎《むか》えにきたの？」

「よくきいてくれたね。質問《しつもん》は前進と向上の第一歩だ」

意味はわかります。前にもいったように、わたしは死ぬ前、もうすぐ三つになる女の子でした。言葉を話したりきいたりする能力《のうりょく》はまだ発達の途上《とじょう》にありました。しかし、肉体をはなれて魂《たましい》だけとなった瞬間《しゅんかん》から、人間の大人としての知恵《ちえ》と知識を宇宙《うちゅう》のインターネットからダウンロードするみたいにして、魂《たましい》のなかに少しずつとりいれてきました。

したがって、大人が使うむずかしい言葉やいいまわしでも、よく理解《りかい》できるのです。会話のなかでも、それまでのひらがなばかりではなく、漢字を積極的に使うことが、だんだんできるようになってきていました。

だからといって、わたしの魂《たましい》がたちまち大人のそれに成長したというわけではありません。意味はわかっても、わたしには体験がありません。体験がなければ、知恵《ちえ》や知識を応用《おうよう》することはなかなかできないものです。

いまでも、魂《たましい》としてのわたしの言葉づかいは、それほど大人びたものにはなっていません。もちろん、この世を遠くはなれたアシャドと呼《よ》ばれている別世界や、あの世のことについては、まだまだわからないことがいっぱいといっていいでしょう。

オオハクチョウはつづけました。

「アシャドのほうから指令があってね。そろそろ由宇ちゃんを、あちらのほうへ連れていかなければならなくなったのさ」

「アシャドって何なの？」

「アシャドはアシャドさ。この世ではない、あちらの世界の名称《めいしょう》だ。まあ、俗《ぞく》な言葉でいえば天国といってもよいが、正しくはそこは天国ではなくてアシャドだ。そのアシャドの門をとおるには、いちおう資格審査《しかくしんさ》みたいなものがあるけどね。由宇ちゃんならだいじょうぶ、すぐにとおりぬけられるさ」

わたしは、とまっているお母さんの右肩《みぎかた》で羽ばたいてみせました。羽があるわけではないのですが、羽ばたくことはできます。あらかじめ決まった形のない魂《たましい》には、この世で想像《そうぞう》のつくことなら何でもできるのです。

「わたし、どこにもいきたくないの。ここにこうしているのが、いちばん居心地《いごこち》がいいから。わかるでしょ？」

半分ほんとうの気持ちで、あとの半分は、自分でもほんとうの気持ちなのかどうかかわからない不思議な気持ちでいいました。

オオハクチョウはいかにもこまったみたいに、長い首をうつむかせました。

「でも、いかなくちゃならないんだよ。神様が決めたことだから」

「神様なんてきらい」

わたしが死んだ日、お母さんが心のなかでささやいていたのを思いだして、わたしのみえない口から言葉がほとばしりでました。

「だって、神様はわたしを死なせた張本人《ちょうほんにん》じゃないの。神様にその気がなかったら、わたしは死ななくてもよかったんでしょ？　まだ三つにもなっていなかったのよ。人生には、これから楽しいことがたくさん待っていたはずなのに。どうしてわたしは死ななくちゃならなかったの？　お父さんやお母さんを、あんなに悲しませなければならなかったの？」

「うーん、まあ落ち着いて」

オオハクチョウのくちばしのつけ根あたりにある、ヒマワリのたねを思わせる二つの鼻の穴《あな》から、ため息がもれてでました。

「神様のお考えは、ときどきだれにもわからない。でも、一つだけいえることがある。それは、神様はぜったいにまちがったことをなさらないということだ」

「神様はわたしを死なせたかったんだ。まちがってるよ、いじわるな神様」

いったとたん、ない体の、ない顔の、ない目から、ない涙《なみだ》がもわっとあふれでました。

「なぐさめの言葉もないよ。でも、神様はいじわるじゃない。それだけは保証《ほしょう》するよ」

「それじゃどうしてわたしを死なせたの？　理由を教えてよ」

「わからない。ぼくはただの、神様が直接《ちょくせつ》支配《しはい》する世界、アシャドの使いだから。いってみれば光の天使さ。指令を忠実《ちゅうじつ》に実行《じっこう》すること、それがぼくの使命なんだ」

わたしは、ないくちびるをかみました。それから考えました。理由を教えてくれる相手がいるとしたら、それは神様のほかに考えられません。

「アシャドにいけば、神様に会えるの？」

「神様はアシャドにいるよ」

「神様に会えるのね」

「たぶん」

「どういうこと？　光の天使さん、あなたはアシャドからの使いなんでしょ」

「そうだけど」

オオハクチョウは、ばつが悪そうに視線を横にずらすと、ぼそっといいました。

「じつをいうとぼくはまだ、神様に会ったことがないんだ。アシャドはもちろん、神様が支配《しはい》する世界だけど。ぼくは、そこで神様が発せられた指令を受けとるだけだから」

「そうなの、わかったわ。どっちにしても、わたしはアシャドにいって神様に会わなくちゃ。このままじゃ気がおさまらないもの。さあ、用意はいいわよ、わたしをアシャドに連れていって」

「いきなり気が変わったと思ったら、アシャドにいくのは神様に会うのが目的になったのか。すごいね」

「いいから早く。わたしをアシャドに連れていくのがあなたの使命なんでしょ」

「がってんだ」

オオハクチョウは巨大《きょだい》な羽を広げると、わたしのほうに背中《せなか》を向けました。

「お母さん、ちょっといってくるね」

わたしは、居間《いま》のソファにすわってテレビのドラマをみているお母さんにささやきました。その右肩《みぎかた》から、オオハクチョウの太い首のつけ根にとびうつりました。

お母さんにはもちろん、そんなわたしの動きはわかりません。お父さんが会社にいっているあいだ、一人さみしく留守番《るすばん》をするよりほかに、いまのお母さんにはすることがないのでした。

でも待って。いまのお母さんは完全な一人きりではありません。おなかに赤ちゃんがいました。

わたしがオオハクチョウとともにアシャドをめざそうとしたとき、テレビを前にしてソファにすわっているお母さんの両手のひらは、そのもっこりとつきでた、そろそろ六カ月目にはいったおなかの上に、そっとあてがわれているのでした。

〈私《わたし》の赤ちゃん……〉

お母さんの無意識《むいしき》から発せられた声が、部屋のなかを、春の野のかげろうのように、ゆらめきめぐっています。

赤ちゃんは、あと四カ月もすれば生まれてくるでしょう。その日がきたら、とわたしはまた考えました。お父さんとお母さんにとって、わたしの思い出やおもかげや愛情《あいじょう》は、いまに比《くら》べてどれほど薄《うす》らいだものになってしまうことでしょう。

オオハクチョウは、巨大《きょだい》な羽を上下に何度も曲げては伸《の》ばし、曲げては伸《の》ばしながら、わたしを空高く運んでいきました。

まもなく、下界に広がっていたビルや民家や駐車場《ちゅうしゃじょう》や広場や道路や川などから成《な》る街の景色は、いきなりあらわれた青い海原《うなばら》のような領域《りょういき》によってさえぎられました。

それからわたしは、まわりが一面、青一色のクリスタル状の物質《ぶっしつ》にかこまれたアシャドの入り口に、ふたたびやってきていました。

「さあ、ついた。ぼくの使命はここまでだ。でも、由宇ちゃんがしっかりアシャドのなかへ姿《すがた》を消すまで、ここでみていてあげるよ」

不思議なことに、地上ではだれにもみえなかったわたしの姿《すがた》が、いまは幽霊《ゆうれい》を思わせる半透明《はんとうめい》な存在として、生きていたときそのままにあらわれています。公園にでかけるときにいつも着ていた、白いシャツにピンクのズボンに赤いズックをはいています。

「ありがとう。光の天使さんは、いっしょにアシャドにいかないの？」

「じつをいうと、使命をまだいくつも抱《かか》えているんだ。ぼくが迎《むか》えにいってやらないと、ここまでくる勇気がでてこなかったり、ふんぎりがつかなかったりして、なかなか地上をはなれられない魂《たましい》がたくさんいるんだよ」

「さっきのわたしみたいに？」

オオハクチョウは羽をばさっと広げて、上下にかるく動かしてみせました。まあね、という意味のようです。

「それで、ここがアシャドの入り口だってことはわかったけど、どこからはいるの？

どこかに門か玄関《げんかん》があるんでしょ」

わたしはあたりに視線をめぐらせました。

つい八日前のことです。わたしが地上の病院で息を引きとって、ものいう影《かげ》に抱《だ》かれるようにしてこのあたりまで昇《のぼ》ってきたときでした。影《かげ》は光りかがやく空気のかたまりに変身して、わたしをアシャドの門にいざなおうとしたのでした。

そのときのわたしは、アシャドにいく気がぜんぜんしませんでした。地上にとどまって、大好きなお父さんとお母さんといっしょに、いつまでも住みなれた家で暮《く》らしたかったからです。たとえお父さんとお母さんが、その肩《かた》や頭につきまとうわたしの存在にまるで気がつかなかったとしても、です。

その思いは、葬式《そうしき》のあとで、わたしの亡《な》きがらが火に焼かれて地上から永遠《えいえん》に消えうせてからも、わたしの魂《たましい》の内部でずっとくすぶっていました。

ほんのさきほど、光の天使のオオハクチョウがわたしの目の前にあらわれて、声をかけてくれたときもそうでした。わたしの気持ちは、まだ整理がついていなかったのです。

でも、いまは、神様に会わなければなりません。神様に会って、どうしてわたしが死ななければならなかったのか、納得《なっとく》がいくように説明してもらわなければなりません。

オオハクチョウがいいました。

「アシャドの門は、このすぐ近くにあるさ。由宇ちゃんをそこまで連れていってくれるのは、由宇ちゃんのおじいちゃんなんだよ」

すると、クリスタル状の青いカーペットの向こうのほうから、明るくて緑色の光がゆらゆらと揺《ゆ》れながら、近づいてきました。おじいちゃんがきたんだなと、わたしはすぐにわかりました。なぜなら、その登場の仕方は、八日前にそこで初めておじいちゃんに会ったときのそれとそっくり同じだったからです。

「おじいちゃん」

目の前に、わたしと同じ、幽霊《ゆうれい》みたいな半透明《はんとうめい》の姿《すがた》をみせたおじいちゃんがあらわれたので、わたしは呼《よ》んでみました。

「やあ、おまえさんは由宇ちゃんだな。おれがだれだかわかるか？」

「おじいちゃんでしょ。この前あったもん」

「うむ。そういえばそうだ。おまえさんはあのとき、もうしばらくお父さんとお母さんの近くにいたいといって、アシャドの門に進むのをいやがったんだ。そうか、ようやくアシャドにはいる気持ちが定まったか」

おじいちゃんは小太《こぶと》りで、髪《かみ》は黒々としており、よく日に焼けていました。カーキ色の作業衣《さぎょうい》を着ています。腰《こし》のまわりに太いベルトをしめて、おしりのポケットの近くに、ラジオペンチやらドライバーやら電流計やら電圧計《でんあつけい》やらカッターナイフやら赤や青や黒の絶縁《ぜつえん》テープやらをどかどかと詰《つ》めこんだ道具袋《どうぐぶくろ》をぶら下げています。

「それじゃ、あらためて自己紹介《じこしょうかい》するかね」

「うん。わたしは由宇よ」

「知ってるさ。おれはおまえさんのお母さんのおやじさんで、おまえさんにとってはおじいちゃんになる。ごらんのとおり、生きているときは電気技師《でんきぎし》をやっていた」

「かっこいいね」

「電気のことなら何でもまかせろだ。アシャドにきたのは、六十四歳のときだったな。五月の寒い日に頭の血管が切れてトイレで倒《たお》れて、そのままこっちへきた。おまえさんのお母さんは、まだ十八歳くらいだったかな」

「大昔のことね」

「ああ。あれから地上では十五年くらいがたったようだな。おまえさんが生まれたのは、娘《むすめ》、いやお母さんが三十歳のときだった。ってことは、おれはおまえさんが生まれる十二年近くも前に、もうこの世からおさらばしていたのか。計算、あってるか?」

おじいちゃんが笑うと、白い前歯がむきだしになりました。まゆが八《はち》の字《じ》に下がり、顔はどこもかしこもしわくちゃになりました。

「わたしをアシャドの門まで連れていってくれるのは、どうしておじいちゃんなの?」

「こちらの世界では、おれがいまの由宇にとっていちばん身近《みぢか》な死んだ家族ってことになるからだ。おまえさんのお父さんもお母さんも、まだ生きている。お父さんのほうのご両親も健在《けんざい》だ。お母さんのほうのお母さん、つまりおれの女房《にょうぼう》だがね、あいつもまだ、ぴんぴんしているようじゃないか」

わたしはおじいちゃんのあとについて、青一色のクリスタル状のカーペットのような道を静かに歩いていきました。オオハクチョウの姿《すがた》が遠ざかります。

と、気がついたらオオハクチョウの姿《すがた》は消えて、代《か》わりに白くまばゆいばかりにかがやく、バレーボールほどの大きさの空気のかたまりが浮《う》かびあがってきました。

あの空気のかたまりなら知っています。わたしが死んだ日、わたしの魂《たましい》をこちらの世界に運んでくれた、はじめは大きな黒い影《かげ》だった存在です。それは、わたしをこちらの世界に運んできた瞬間《しゅんかん》に、明るい空気のかたまりに変身したのでした。

オオハクチョウは光の天使で、あの空気のかたまりがあらためて姿《すがた》を変えたものだったのかと、わたしはすぐに理解《りかい》しました。

「さあ、アシャドの門だ」

おじいちゃんがいいました。

目の前にいきなり門がありました。とても古風で、ちょっとした公園か牧場か、あるいは霊園《れいえん》の入り口を思わせる門です。

しかし、門の左右には、それまで足もとに伸《の》びていた青一色のクリスタル状のカーペットのような道が、いきなり壁《かべ》となってそそりたっていました。歩いてきた人は、そのまま門をくぐるよりほかはありません。

「ここをくぐればいいのね」

わたしはききました。おじいちゃんはうなずいて、いいました。

「いちおう、説明しておこう。この門の向こうにアシャドがある。いかに長かろうと、あるいは短かろうと、地上の生活を終えてこの門の前までやってきた魂《たましい》は、ここをくぐろうとするとき、アシャドへはいるにふさわしいかどうかの資格審査《しかくしんさ》を受けることになる」

わかるかね、といった具合におじいちゃんはやさしくまばたきをしてみせてから、つづけました。

「くわしい仕組みはわからないが、審査《しんさ》は自動的に行われる。問題のない魂《たましい》の場合は何も起こらない。どうぞいらっしゃい、だ。しかし、問題のある魂《たましい》がくぐろうとしたときは、どこかでカラスが鳴く。すると門は自動的にとざされて、審問官《しんもんかん》が駆《か》けつけてくるという仕組みになっている」

わたしはうなずきました。さっき光の天使のオオハクチョウが、わたしのところにきたときに口にした言葉がよみがえりました。

「由宇ちゃんならだいじょうぶ。すぐにとおりぬけられるさ」

わたしにも、自信がありました。

「じゃあ、門をくぐってごらん」

おじいちゃんがうながします。

わたしは胸《むね》を張《は》って足を踏《ふ》みだしました。

門をくぐろうとしたとたん、遠くでカラスが鳴きました。

クワア。

門は、いきなり天から落ちてきた巨大《きょだい》な深紅《しんく》の格子《こうし》の扉《とびら》でとざされました。わたしはおじいちゃんといっしょに、門の外にしめだされてしまったのです。

5　四十九日目

「やっぱりね」

おじいちゃんはつぶやきました。どことなく、予想していた調子の声です。

「もしかしたら、無審査《むしんさ》でパスできるかもしれんと期待していたが。孫よ、おまえもか。カラスが鳴いちまった。仕方がない。がっかりすることはないぞ。このおれだって、最終的にはアシャドにはいれたんだ。おまえさんなんかはぜんぜん心配する必要はあるまい」

「おじいちゃんもだったの？」

「もちろんだとも。アシャドの門はな、よほどの汚《けが》れなき魂《たましい》でなけりゃ、一発で入門を許可《きょか》されることはない。おれの場合は、なにせ地上で暮《く》らした六十四年間もの積もり積もった罪《つみ》というアカをしょっていたからな。晴れて入門を許《ゆる》されるまでには、三十三日間ものおつとめが必要だった」

「おつとめ？」

「おつとめだ。魂《たましい》をきれいにするために修行《しゅぎょう》するんだ。しかし、三十三日間なんてのは、おれくらいのクラスの魂《たましい》にしちゃあ短いほうだ。なかには、百年ほど前にこのアシャドの門前までやってきて、そこでカラスに鳴きわめかれてからというもの、いまだにおつとめをつづけているやつもいるそうだ」

気の遠くなる話です。その人はよほど魂《たましい》の汚《けが》れている人だったにちがいありません。

でも、おつとめって、何をするのでしょう？

おじいちゃんが、わたしの背後《はいご》にすばやく目を向けました。

「ほら、おいでなすった」

どこまでも青一色のクリスタル状にきらめく道をひょこひょこやってきたのは、あごに白いひげをたっぷりたくわえた、やせたおじいさんでした。年齢不詳《ねんれいふしょう》です。わたしのおじいちゃんよりずっと年上だということは、一目でわかります。神様？　と思ったら、おじいちゃんが教えてくれました。

「アシャドの門の審問官《しんもんかん》だ。ま、きかれたことにはすなおに答えればよい。つくろうことは何もない。じゃ、おれはアシャドにもどるとしよう。審問官《しんもんかん》との問答には、ほかの魂《たましい》が立ち会うことは許《ゆる》されておらんのでな」

「え、いっちゃうの？」

わたしはちょっと不安になって、おじいちゃんの作業衣のそでに手をかけようとしました。手はするりと空中をすべりました。

「おまえさんが一日も早く、アシャドにはいってこられるように祈《いの》っとるよ。まあ、おれの予想だと、せいぜい二日か三日のおつとめだろう。これまでいろいろとみてきたが、まだ幼稚園《ようちえん》にも上がっていない二、三歳の幼児《ようじ》の場合は、三日を越《こ》えることはあるまい」

いい残すと、おじいちゃんはいたずらっぽく片目《かため》をとじてみせてから、ぷいと姿《すがた》を消しました。代《か》わりに明るい緑の光が一つ、浮《う》かびあがりました。ゆらゆらと揺《ゆ》れながら、深紅《しんく》の格子《こうし》の扉《とびら》でとざされたばかりのアシャドの門を、ゆうゆうとおりぬけていきます。

「やあ、はじめまして、じゃな」

おじいちゃんが審問官《しんもんかん》と呼《よ》んだ、白いあごひげのおじいさんが、近くまでやってきて、いいました。

審問官《しんもんかん》というのは、相手にいろいろなことをくわしく問いただす役目の人です。枯木《かれき》のようにやせてはいても、するどい眼光《がんこう》の持ち主です。光の天使のまばゆさを思いおこさせる、純白《じゅんぱく》の衣《ころも》をまとっています。

「こんにちは」

わたしは明るい声であいさつしました。

「よくきたの。ここはアシャドの門の入り口じゃが、すんなりととおるわけにはまいらなかったようじゃな。まだ小さいのにのう。じゃが、わしをおそれてはならぬ」

「おそれてなんかいないよ」

審問官《しんもんかん》は、うははや、と笑いました。二つの目尻《めじり》が思いっきり下がった笑顔《えがお》には、どことなく愛嬌《あいきょう》が感じられます。

しかし、わたしはそれよりも、自分がどうしてすんなりとアシャドの門をくぐりぬけることができなかったのか、その理由を知りたいと思いました。

審問官《しんもんかん》のおじいさんは、そんなわたしの心の内側を読みとったかのように、白いあごひげをふるわせていいました。

「天から扉《とびら》が落ちてきた理由を知りたいようじゃな」

「はい、そのとおり」

「では質問《しつもん》じゃ。天から扉《とびら》を落としたのはだれじゃと思う？」

わたしはちょっと考えてから答えました。

「神様」

「ほほう、なぜそう思う？」

「神様はいじわるだから」

「なぜ、いじわるなんじゃ？」

「わたしのことを死なせたから」

言葉にだして答えたとたん、忘《わす》れていたくやしさがこみあげてきました。

「生まれてまだ三つにもなっていなかったのよ。わたしはもっともっと長いあいだ、地上でお父さんやお母さんといっしょに暮《く》らしたかったのに」

「生まれた人間は、いずれ死ななければならん。なんぴとも避《さ》けられぬ運命じゃ」

死んで肉体の衣《ころも》をぬぎすてたとたん、地上で生活する人間の知恵《ちえ》と知識をじょじょに自《みず》らの魂《たましい》にとりいれてきたわたしは、審問官《しんもんかん》の言葉がまちがいだとは思いません。でも、それを自分の場合にあてはめたとき、どうしてわたしだけがこんなに早く、と思ってしまうのです。あまりにも不公平です。

審問官《しんもんかん》は説明をつづけました。

5　四十九日目

「人の寿命《じゅみょう》はさまざまじゃ。母親のおなかから生まれでたとたんに死んでしまう者もおれば、百二十歳を越《こ》えてもなお生きながらえる者もおる。なぜじゃと思う？」

「神様が決めたからでしょ」

審問官《しんもんかん》のあごひげが、決然とした調子で左右に揺《ゆ》れました。

「神様は人の寿命《じゅみょう》をお決めにはならん」

「うそ。神様が決めなかったら、だれが決めるの？」

「だれじゃろうなあ？」

「どういうこと？」

「それがわかれば、おまえがアシャドの門をすんなりとくぐりぬけられなかった理由も浮《う》かびあがってくるというものじゃ」

わたしは考えました。人の運命を神様が決めないのなら、だれが決めるのでしょう？

このわたしを、生まれて三年もたたないうちに、お父さんやお母さんとの水入《みずい》らずの暮《く》らしから引きはなして、天空のかなたにある青一色のクリスタル状の世界にまで連れてきた張本人《ちょうほんにん》は、どこのだれなのでしょう？

「その答えを自分でみつけるのが、おまえに課せられたおつとめじゃよ」

「え？」

きき返したときには、審問官《しんもんかん》の姿《すがた》が消えていました。わたしはたった一人でこの世界の、どこまでも青くかがやくクリスタル状の道を歩いていました。

いきなり目の前に大きな壁《かべ》があらわれました。全体が淡《あわ》いクリーム色をしていて、とても高く、左右に長い壁《かべ》です。

しかし、よくみると壁《かべ》にはドアがいくつもついています。右のかなたのはしから左のかなたのはしまで、同じような間隔《かんかく》で、まったく同じ大きさ、同じ形、同じ色あいの、同じ金色に光るノブのついたドアが、いくつもならんでいます。

どのドアからはいればいいんだろう？

わたしは壁《かべ》にそって歩きながら、さあ、ここからおはいりなさいよといいたげなドアの前をいくつもいくつもとおりすぎていきます。もしかしたら、どのドアをあけても、同じ壁《かべ》の向こう側にぬけるだけなのかもしれません。でも、それならなぜ、ドアがこんなにたくさんあるのでしょうか。

足をとめて、手近《てぢか》のドアと向きあいます。金色のノブをつかんでまわそうとしたら、ドアの表面に文字が浮《う》かびあがりました。

《このドアをおしひらくと、ほかのすべてのドアは消えてなくなる。》

「ええっ？」

わたしはノブから手をはなしました。一歩しりぞいて、目の前にあるのとまったく同じドアが、右にも左にも無数にならんでいる壁《かべ》をたしかめます。

いま、わたしが目の前のドアのノブに手をかけておしひらいたら、壁《かべ》にならんでいる残りのドアのすべてがいっせいに消えてなくなるのだといいます。

「どうしよう……。」

わたしは、ここにいる「わたし」しかいません。一人です。壁《かべ》にいくらたくさんドアがならんでいても、くぐりぬけられるのは一つです。選ばれなかったドアはすべて、壁《かべ》に姿《すがた》を変えてしまうというのです。

ドアの前で思案していると、青いクリスタル状の平地のかなたから、野獣《やじゅう》の咆哮《ほうこう》のような声がきこえました。それはいかにも恐《おそ》ろしげなひびきをともなっていたので、わたしの半透明《はんとうめい》なうなじの毛が数本、いっせいに逆立《さかだ》ちました。

みると、遠くに一頭のオスのライオンが姿《すがた》をあらわしました。夕焼け色に燃《も》える立派《りっぱ》なたてがみを風になびかせて、いかにも獰猛《どうもう》そうな黄色い目を光らせながら、こちらに向かってまっしぐらに走ってきます。

肉体の衣《ころも》をぬぎすてた魂《たましい》であるこの身は、ライオンに襲《おそ》われて八《や》つ裂《ざ》きにされるといった心配はありません。きっとないはずです。それでもライオンはこわいです。

わたしはふたたび壁《かべ》に向きなおると、どのドアでもかまわないと思いながらもちょっとだけ走って、足をとめたところにあったドアノブに手をかけました。迷《まよ》っているひまはありません。一気におしひらきました。

ドアをくぐりぬけると、そこは四方を灰色《はいいろ》の壁《かべ》でかこまれた部屋でした。集会所か講堂《こうどう》のようなところです。ざっとみまわすと、窓《まど》はどこにもありません。天井《てんじょう》がとても高く、広々としています。白い大理石をしきつめた床《ゆか》は、ぴかぴかに磨《みが》きぬかれています。

うしろ手にしめたドアは、音を立ててとざされたとたんに消えました。それこそ黒板にチョークでかいた絵を、黒板消しでさっとぬぐい去ったみたいに。

もう、どこにもドアはありません。

人の気配《けはい》もありません。

「すみません、だれかいますか？」

わたしは遠慮《えんりょ》がちに声をかけました。

すぐに応答《おうとう》があったわけではありません。しばらく待って、もう一度声をかけようと思ったときでした。

〈おまえはなぜ、ここへきたのじゃ？〉

心のまんなかに声が落ちてきました。どこかできいたことのある声です。それは空気をふるわせて鼓膜《こまく》に伝わってくるのではなく、テレパシーとなって、直接《ちょくせつ》わたしの心にとびこんでくるのでした。

審問官《しんもんかん》のおじいさんかな？

「だって」

わたしは反射的《はんしゃてき》に、あたりをみまわしながら答えました。

「ライオンが走ってきたから」

〈あれはライオンのようにみえたかもしれぬが、じつをいうとライオンではない〉

やはり審問官《しんもんかん》のおじいさんの声です。

「ライオンじゃなかったら何なの？」

〈ときの追《お》いたて人《にん》じゃよ〉

わたしは天井《てんじょう》を見あげます。天井《てんじょう》はとてつもなく高く、これまでわたしが歩いてきたクリスタル状の道と同じく、晴れた日の空みたいに青く澄《す》みわたっています。

〈神は人間を追いたてる。時間という道具を使って、いやもおうもなく追いたてる〉

「そうか。わたし追いたてられたんだ」

〈追いたてられたのはたしかじゃが、この部屋に追いたてられたわけではない〉

「え？」

〈この部屋を選んだのはおまえじゃ。なぜなら、あまたあるドアのなかから、この部屋へつうじる一つを選んだわけじゃからの〉

「うん、そうだよね」

〈さっき、おまえがほかのドアを選んだら、この部屋にはきていなかった。おまえが選んだのは＃ＡＮＹ７８１５６×４２５６１番のドアだった。あのとき、＃ＡＮＹ７８１５６×４２５６０番のドアを選んでいたら、おまえは海岸へきていただろう。＃ＡＮＹ７８１５６×４２５６２番のドアなら、砂丘《さきゅう》へきていただろう。ほかにも、ドアは動物園、遊園地、公園、宇宙船《うちゅうせん》、砂漠《さばく》、トイレ、地下室、遊技場《ゆうぎじょう》、高原、学校、いなか道、湖畔《こはん》、ビルの屋上、野原、山、川、海辺、森、沼地《ぬまち》と、おまえが心のなかで描《えが》くことのできる、ありとあらゆるさまざまな場所におまえを送りこんでおったはず

じゃ〉

「でも、選ぶのは一つ」

わたしがいうと、審問官《しんもんかん》のおじいさんの声がかがやきました。

〈いくのも一つ。無数にある選択《せんたく》のなかからの一つじゃ。いかなる人生といえども、ひとたび、その一つを選んでしまったからには、あともどりはきかん。いくしかない〉

そのとき、部屋の片隅《かたすみ》がいきなり、ぼわっと明るくなりました。光源《こうげん》となっているものに目をやると、銀色にかがやくロウソクたてにつきささったロウソクが一本、炎《ほのお》を揺《ゆ》らめかせながら空中に浮《う》いています。

〈炎《ほのお》は命〉

審問官《しんもんかん》のテレパシーによる声が、また心のなかにひびきました。

と、ロウソクに炎《ほのお》を揺《ゆ》らめかせたままのロウソクたては、音もなく空をすべって、わたしの胸元《むなもと》にとびこんできました。

わたしの手にロウソクたてがありました。

〈進むがよい〉

四方をかこっていた灰色《はいいろ》の壁《かべ》が揺《ゆ》らめいて消えました。

目の前には、どこへつづくとも知れない、荒野《こうや》にはさまれた一本道がのびています。

空はどんよりとしていて、低く垂《た》れこめています。いまが明け方に近いのか夕暮《ゆうぐ》れなのか、それともぶ厚《あつ》い雲におおわれた昼間なのかわかりません。

人の影《かげ》はどこにもありません。

わたしは、ロウソクに炎《ほのお》を揺《ゆ》らめかせた銀色のロウソクたてを手に、道を歩きはじめました。ちょっと考えると、とてもさみしい情景《じょうけい》です。

でも、いまのわたしには、さみしいという感情《かんじょう》がありません。人間としてのはげしい喜怒哀楽《きどあいらく》の感情《かんじょう》は、ぬけがらとなりました。火で燃《も》やされた体とともに、地上においてきてしまったようなのです。

わたしはなぜ、道を歩いているのでしょうか。道はどこへ向かっているのでしょう。

そんな疑問《ぎもん》を頭によぎらせながら、わたしは道を歩きつづけます。手に燃《も》えるロウソクをつきさしたロウソクたてをもちながら。

やがて、雨が降《ふ》ってきました。

わたしはとっさにロウソクの炎《ほのお》が濡《ぬ》れて消えないように、ロウソクたてをもう一方《いっぽう》の、なぜかそこに実体《じったい》としてある手のひらでかばいます。手のひらはみごとに、雨から炎《ほのお》を防《ふせ》いでくれました。

そのまま歩きつづけていくうちに、雨はだんだん小降《こぶ》りになって、気がつくとやんでいました。

しかし、こんどは風が吹《ふ》きはじめました。ロウソクの炎《ほのお》を吹《ふ》きけしてやろうとたくらんでいるような、いじわるい意思のこもった強い風です。

わたしは風に背中《せなか》を向けたり、炎《ほのお》の近くに手をそえたりして、進みます。

雨や風のほかにも、行く手にはさまざまな困難《こんなん》をはらむ変化が、つぎつぎとあらわれては、ロウソクの炎《ほのお》を消しさろうします。

空から大きな石がひゅううと空気を切りさいて落ちてきて、足もとをごろごろと転がったときには、ほんとうにびっくりしました。危《あや》うく、燃《も》えているロウソクごとロウソクたてを投げだしてしまうところでした。

それをしなかったのは、燃《も》えつづけるロウソクの炎《ほのお》を消してはいけないという、本能《ほんのう》にもにた義務感《ぎむかん》というか、使命感があったからです。手もとにはマッチもライターもありません。もし一度ロウソクの炎《ほのお》が消えてしまったら、どうしてふたたび、その炎《ほのお》をよみがえらせることができるでしょう。

しかし幸いなことに、炎《ほのお》はいまも燃《も》えつづけています。わたしは道を歩きつづけます。

「そうだったのか……」

わたしは、燃《も》えているロウソクの炎《ほのお》をみつめているうちに、ようやく気がつきました。さっき審問官《しんもんかん》が〈炎《ほのお》は命〉といったのは、ロウソクの炎《ほのお》も人間の命も、消えるまではいつまでもかがやいているのです。そして、一度消えてしまうと、二度とかがやきをとりもどすことはなかったのでした。

わたしの手から、燃《も》えたロウソクをさしたロウソクたてが音もなくはなれました。歩いていた一本道が、海原《うなばら》のように青いクリスタル状の道に変わりました。

眼前《がんぜん》に、アシャドの門がありました。まばゆいばかりにかがやいています。

〈とおるがよい、お若《わか》いの〉

審問官《しんもんかん》の声がまた心のなかに直接《ちょくせつ》ひびき、わたしはダンスのステップをふむような心《こ》地《ち》のよさで、アシャドの門にみえない足をふみいれました。

カラスの鳴き声はきこえませんでした。

天から、いかにも重厚《じゅうこう》な深紅《しんく》の格子《こうし》の扉《とびら》も落ちてきませんでした。

こうしてわたしはアシャドの門を無事くぐりぬけると、アシャドの世界にやってきたのです。

「よくきたな」

おじいちゃんが迎《むか》えてくれました。

「おつとめは一日で終わったようだ。思ったよりずっと早かったぞ。でかしたな」

おじいちゃんは目をほそめてよろこんでくれました。やっぱり、わたしのおじいちゃんだけあります。でも、ちょっと待って。

そもそもわたしはアシャドにきたら、何としてでも神様に会って、このわたしを三つにもならない幼《おさな》さでどうして死なせたのか、理由を問いただすつもりでした。

ところが、アシャドの門をくぐるにあたって課せられたおつとめを終えた結果、わたしを死なせたのは実際《じっさい》のところ、神様ではないことがわかりました。

神様は、ときの追いたて人を使ってわたしたちを先へ先へと歩かせます。しかし、どのドアをくぐりぬけて、どの道を選んで歩くかは、それぞれの人間が決めなければならない問題でした。選んだその道の先に何が待っているかは、歩いてみないとわかりません。

こういういい方が正しいのかどうかはわかりませんが、神様はそうした人間たちの行動を、だまってみているだけだったのです。

それは、ある意味では、とても心の安らぐことでした。なぜなら、わたしたち人間をこの世にお作りになった神様だからこその選択《せんたく》だからです。

どのドアをとおってもいい。とにかくロウソクの炎《ほのお》を消さないようにして、いけるところまでいってごらん。神様はそんなふうにいって、一人ひとりの生き方を、だまってみつめてくれているのです。

一人の人間にとって、生きるか死ぬかはとても重要な問題です。しかし、神様にとって、それは大した問題ではないのでしょう。なぜなら、死んだ人間をつぎの世でふたたびよみがえらせることなど、神様にとっては朝飯前《あさめしまえ》のわざにちがいないからです。

わたしはアシャドで、しばらくおじいちゃんといっしょに過《す》ごすことになりました。おじいちゃんの説明によると、アシャドは、魂《たましい》がふたたび地上へ降《お》りていくために必ず立ちよらなければならない世界なのです。

しかるべきときがくれば、アシャドにいる魂《たましい》は一つ、また一つと神様に呼《よ》ばれて、アシャドから姿《すがた》を消していきます。魂《たましい》は地上にもどって、新しく生まれてくる赤ちゃんの体に宿るのです。

ある日、わたしはおじいちゃんと二人で、地上の様子を青空のスクリーンで観察できる天の展望台《てんぼうだい》にきていました。わたしが死んでから、地上では四十九日がたっていました。

「ほら、おまえさんのお母さんだ」

おじいちゃんがいいました。

「あいつ、いまはおなかのなかに赤ちゃんがいる。順調に育っているようだ。もうすぐ八カ月にはいるらしいぞ」

「お母さん！」

わたしは青空のスクリーンに映《うつ》っている、大きなおなかのお母さんに向かって呼《よ》びかけました。お母さんにはきこえません。

「よし、こんど生まれ変わるとしたら、おれはあいつの赤ちゃんにでもなるとするか」

おじいちゃんが何げなくいった言葉は、わたしの心に衝撃《しょうげき》をあたえました。

6　百日目

わたしは、おじいちゃんの顔を穴《あな》のあくほどみつめていたのでしょう。その気持ちはすっかり、おじいちゃんに読まれていました。アシャドでは、魂《たましい》と魂《たましい》は言葉だけではなく、その気になれば心でも会話できるのです。

でも、思ったことはいちおう、口にだして相手に伝えるのがルールのようです。

おじいちゃんがいいました。

「そんなにこわい顔をしてにらむなよ。そうか、由宇。おまえさんにはまだ、生まれ変わりの法則《ほうそく》を教えていなかったな」

「生まれ変わりの法則《ほうそく》？」

「そうだ。ここアシャドにはな、神様がお決めになった魂《たましい》の生まれ変わりの法則《ほうそく》があるんだよ」

おじいちゃんの説明をわかりやすくまとめると、こうなります。

魂《たましい》は神様が作ります。ひとたび、神様の手によって作られた魂《たましい》は、地上で生きとし生けるあらゆる生物の、体に宿ります。人間も、そうした生物のなかの一つです。

【魂《たましい》の生まれ変わりの法則《ほうそく》（人間の場合）】

《その1》人間は死ぬと、肉体から魂《たましい》がぬけだして、はるかな異次元《いじげん》にあるアシャドをめざします。神様の使いである光の天使が、魂《たましい》をアシャドの門前に導《みちび》きます。

《その2》アシャドの門前にきたものの、そのままでは門をとおれない魂《たましい》は、審問官《しんもんかん》の審問《しんもん》を受けておつとめという修行《しゅぎょう》を積み、自《みずか》らが地上で蓄積《ちくせき》した汚《けが》れを落としてから、あらためてアシャドの門をとおります。

おつとめの期間は、魂《たましい》の汚《けが》れ具合によって大きなちがいがあります。とくに生前、他人の命を奪《うば》ったり、自《みずか》らの命を粗末《そまつ》に（自殺）したりした者の魂《たましい》には、きびしくつらいおつとめが待っています。そのような状態《じょうたい》を、地獄《じごく》と呼《よ》ぶ者もいるようです。

《その3》アシャドに迎《むか》えいれられた魂《たましい》は、そこにしばらくのあいだとどまって、生前、自分と血のつながりの濃《こ》かった近親者が死んでこちらへやってきたときに、その魂《たましい》をアシャドの門前まで導《みちび》く案内役をつとめます。

《その4》アシャドにいる魂《たましい》は、生まれ変わりに備《そな》えます。つぎはどんな両親の子になろうかと、考えるのです。しかし、具体的な願いがあったとしても、それがかならずかなうとはかぎりません。地上に生まれでるどの赤ちゃんの肉体に、どの魂《たましい》がもぐりこむかは、すべて神様がお決めになるからです。

《その5》アシャドにおいては、それぞれの魂《たましい》によって、何年も何十年も、いや何百年ものあいだ、神様から生まれ変わりの指令を受けない魂《たましい》があります。一方《いっぽう》、数年、いや数カ月、ときには数日、数時間で生まれ変わりの指令を受けて、あわただしくアシャドをあとにする魂《たましい》もいます。

生まれ変わりの指令を受けるかどうかは、その魂《たましい》がこれまでに地上で何度も生まれては死に、生まれては死にをくり返してきた、はるかなる回数の前世《ぜんせ》すべての生きざまをとおして決まるようです。しかし、アシャドにきた魂《たましい》が記憶《きおく》しているのは、ただ一回の、いちばん近い前世《ぜんせ》の思い出だけです。

《その6》神様のご意志《いし》によって地上に生まれ変わった魂《たましい》は、その時点でアシャドの存在はもちろん、前世《ぜんせ》の記憶《きおく》をいっさい消しさられます。すべてはリセットされるのです。

《その7》アシャドの魂《たましい》が、地上の母親のおなかにいる赤ちゃんの肉体に宿るのは、おぎゃあ、といって生まれてくる直前です。しかし、母親のおなかにいるあいだ、赤ちゃんが外部から与《あた》えられた刺激《しげき》など、経験《けいけん》したさまざまな記憶《きおく》は、そっくりそのまま新しく宿った魂《たましい》の記憶《きおく》として引きつがれます。

「ということで、法則《ほうそく》《その4》をもう一度よく考えてごらん。つぎの世への生まれ変わりだが、こちらがいくら望んだところで、おれの口走《くちばし》ったことが実現《じつげん》するかどうかは神様のお気持ちしだいってわけなのさ」

おじいちゃんはいい終えると、にこりとして、片目《かため》をつむってみせました。わたしが、つぎに地上に生まれ変わるとき、だれの子になりたいと思っているか、おじいちゃんには痛《いた》いほどよくわかっているのです。

「ねえ、神様はどこにいるの？」

わたしは思いついてききました。

わたしが死んでからのち、魂《たましい》という名前のみえない小鳥になって、お父さんとお母さんのそばをはなれることができなかったときのことです。オオハクチョウの姿《すがた》となってわたしを迎《むか》えにきた光の天使の説得に応《おう》じて、わたしがアシャドに向かおうと決めたのは、そこにいるという神様に会いたいと思ったからでした。神様に会って、どうしてわたしを死なせたのか、その理由を問いただしたかったのです。

けっきょく、こちらの世界にきてわかったのは、地上生活でわたしが三つにもならない幼《おさな》さで死んだのは、神様のせいではないということでした。

神様は人間の寿命《じゅみょう》を決めません。人間の寿命《じゅみょう》は、人間それぞれの生き方と周囲の環境《かんきょう》が運命を形成して決まるのです。

その真理を、わたしはアシャドの門をとおりぬけるために受けることになった（たった一日でしたが）、おつとめという修行《しゅぎょう》によって知りました。

それでもいま、わたしはやはり神様に会いたいと思いはじめました。神様に会って、どうしてもかなえてもらいたいお願いをするのです。それが何かは、わかるでしょ？

おじいちゃんはうなずいて答えました。

「神様はここ、アシャドにいらっしゃるそうだ」

「でも、アシャドのどこにいるの？」

「さあ、どこにいるのかな。うーん、おれはまだここにきてから、それほど時間がたってないからな。じつをいうと、神様にはまだお目にかかったことがないんだよ」

オオハクチョウに姿《すがた》を変えた光の天使が口にしたのと同じ言葉です。

「どうして？　信じられない」

わたしはますます神様に会いたくなりました。アシャドにきて神様に会わないなんて、クリームソーダをたのんでアイスクリームを食べのこしてしまうのと同じくらい味《あじ》気《け》ないことだとは思いませんか。

「まあ、そういうなって。そうだ、もしかしたらだれかが神様の居所《いどころ》を知っているかもしれないぞ。これから二人で探《さが》してみよう」

どこもかしこも大海原《おおうなばら》のように広く、青くかがやいて澄《す》みわたっている、明るく清潔《せいけつ》でみごとに美しい世界、アシャドには、わたしとおじいちゃんのほかにも、たくさんの魂《たましい》が暮《く》らしています。

魂《たましい》たちは、一人でのびのびしていたり、わたしとおじいちゃんみたいに二人、三人が寄《よ》りそっていたり、たくさんの魂《たましい》が家族みたいに集まっていたりして暮《く》らしているのです。

魂《たましい》たちは、いずれ神様の指令を受けて、地上に生まれおちる直前の赤ちゃんの体に、生まれ変わりとして宿る日がやってきます。どの魂《たましい》も、その日を迎《むか》えるのを避《さ》けることはできません。それは、神様が定めた宇宙永遠《うちゅうえいえん》の摂理《せつり》だからです。

こうした魂《たましい》たちと、地上の人間たちとの暮《く》らしぶりのちがいはさまざまです。なかでもいちばん大きなちがいは、人間の暮《く》らしには衣《い》・食・住の要素《ようそ》が必要なのに、魂《たましい》のそれには、必要なものなど何もないのです。着るもの、食べるもの、住む場所にわずらわされることが一切《いっさい》ありません。

わたしとおじいちゃんは毎日、アシャドのあちらこちらにいる魂《たましい》を訪《たず》ねては、神様の居所《いどころ》をきいて歩きました。

魂《たましい》たちはさまざまに答えました。

「はあ、神様がアシャドにいらっしゃるのはもちろんですが、さて、居所《いどころ》といわれると、困《こま》ってしまいますなあ」

「わたしゃ、まだ神様にはお会いしていないんですよ。居所《いどころ》ですか？　なるほど、そういわれますと、たしかに神様はどこにいらっしゃるのでしょうか？」

「あたしの母の話だと、あたしたち魂《たましい》が神様にお会いできるのは、生まれ変わりの指令を受けたその日なんですって。母はいまから十日前に指令を受けて、神様のもとに呼《よ》ばれましたわ。光の天使が迎《むか》えにきてくれたんですけどね。でも、母はその日、そのまま生まれ変わりのために地上へ降《お》りていってしまいました。だから、母が神様とこの世界のどこでお会いしたかなんて、あたしにはさっぱりわからないのですよ」

アシャドにいる魂《たましい》はみな、神様がアシャドのどこにいるかを知らないようなのです。

しかし、生まれ変わりのその日がきたら、神様の使いである光の天使がやってきて、神様のもとに連れていってくれることがわかってきました。

「じゃあわたしたち、ぎりぎりの段階《だんかい》にならないと、神様には会えないのね」

ある日、わたしは少しがっかりした声でおじいちゃんにいいました。神様が指令を発して、わたしたち魂《たましい》を自分のもとに呼《よ》びよせるときは、その魂《たましい》の生まれ変わりの計画が、すでにしっかりと立てられているのでしょう。

「うーん、さて、どうだろう」

おじいちゃんの返事は頼《たよ》りになりません。

「でも、それじゃおそいのよ。わたしは神様がわたしのことを、つぎの人生ではどこのだれに宿らせようって決める前に、直接《ちょくせつ》会ってお願いしたいんだから」

「おまえさんの気持ちはわかるよ。こんど生まれ変わるときも、やっぱり、いまのお父さんとお母さんの子どもになりたいんだろ」

わたしは強くうなずきます。

「でもな、由宇。神様には神様のお考えというものがあるだろうからな。たとえ生まれ変わりの指令が発せられる前に、神様の居所《いどころ》がわかって会うことができたとしてもだ。おまえさんの願いが、すんなりときいれられるという保証《ほしょう》はどこにもないぞ」

「わかってる。でも、いいたいことはいっておかないと。それも、ぎりぎりの段階《だんかい》でいうんじゃなくて、できるだけ早いうちにいっておかないと、神様だってこまるもん」

しかし、神様がアシャドのどこにいるかという情報《じょうほう》は、わたしとおじいちゃんが毎日しゃかりきになって、手当たりしだい、あちらこちらの魂《たましい》たちにきいて歩いてまわっても、いっこうに明らかになることがなかったのです。アシャドは無限《むげん》に広いのです。

そのころになると、わたしはときどき夢《ゆめ》をみるようになってきました。夢《ゆめ》をみるといっても、夜は眠《ねむ》らなくてもいい魂《たましい》が、いつみるのときく人がいるかもしれません。アシャドにいる魂《たましい》は昼でも夜でも、不意に夢《ゆめ》をみてしまうことがあるのです。

たとえば、わたしが死んでからちょうど百日目の夜にみたのは、こんな夢《ゆめ》でした。


わたしは小さな男の子でした。

高い塔《とう》のようなところにある丸い窓《まど》から、外を見おろしているのです。

大きな街でした。どの建物も、石とレンガでできているみたいです。壁《かべ》は灰色《はいいろ》で、屋根にはうっすらと白いものが積もっています。遠くには大きな山があって、山頂《さんちょう》のあたりからどす黒い煙《けむり》がもくもくと上がっています。火山なのでしょう。空は一面、胸《むね》がつぶれそうな鉛色《なまりいろ》にそまっています。

「トーヤ、そこにいるの？」

お母さんの声がきこえました。それは日本語ではなく、どこか遠いところにある国の言葉なのですが、わたしにはよくわかります。男の子のわたしの名前はトーヤで、お母さんの名前はサーシャだということが、当たり前の事実として、わたしにはわかっています。

「はい、お母さん。ぼくここだよ」

わたしがふりむいて返事をしたとき、足もとが揺《ゆ》れました。地震《じしん》です。地震《じしん》は大きなものも小さなものもいっしょにして、ここ数日のうちに立てつづけに起きています。でも、いまのはだいぶ大きかったようです。屋根のほうから小石《こいし》がからんからんと音を立てて落ちてきて、窓《まど》わくにあたってはねかえりました。

わたしは地震《じしん》がきらいです。でも、お母さんはもっときらいみたいです。わたしが生まれるよりずっと昔、この街に天地がひっくりかえるくらい大きな地震《じしん》が起きて、お母さんの両親が亡《な》くなったのでした。

「さあ、こっちにいらっしゃい」

部屋にお母さんの姿《すがた》がみえました。わたしのことを手招《てまね》きしています。その顔は、このところますますはげしくなってきている地震《じしん》と火山の爆発《ばくはつ》への恐怖《きょうふ》と不安で引きつっています。手をつないだら、熱病にかかった人のようなふるえが伝わってきました。

「大丈夫《だいじょうぶ》だよ、お母さん。ぼく、お母さんのこと、ちゃんと守るから」

わたしは誓《ちか》いました。もうすぐ十歳になるのですから。でも、心のなかでは、ほんとうにそんなことができるかどうか、まるで自信がありません。そういわないと、男の面目が立たないと思っただけです。なにしろ、お父さんは長いあいだ病気で寝《ね》たままだし、お母さんがいまこの街でたよれる男といえば、わたししかいないのですから。

「ありがとう、トーヤ」

そういって、お母さんはわたしを抱《だ》きしめました。オリーブのいい匂《にお》いがします。

「お父さんの様子をみにいきましょう」

いわれて、わたしたちは丸い窓《まど》のある部屋をでました。お父さんが寝《ね》ている階下《かいか》をめざして、石の階段《かいだん》を降《お》りはじめたときでした。表でただならない爆発音《ばくはつおん》が、連続でとどろきました。つづいて、階段《かいだん》が波のように揺《ゆ》れました。空気がびりびりとふるえて、天井《てんじょう》の一部が崩《くず》れおちてきました。

「サーシャ、トーヤ……」

階下《かいか》の部屋から、お父さんの呼《よ》ぶ声がします。でも、わたしたちはヘビのようにのたうって揺《ゆ》れる階段《かいだん》に立っていることができません。抱《だ》きあってすわりこんでいると、遠くのほうから恐《おそ》ろしい地鳴りが迫《せま》ってきました。

「お母さん」

「トーヤ」

そのとき、壁《かべ》の一角が崩《くず》れました。どす黒くさかまく土石流《どせきりゅう》が、地獄《じごく》の大群《たいぐん》となって、家のなかに押《お》しよせてきました。あたりがたちまち、底なしの闇《やみ》にとざされました。

そうだ、きょうは八月二十四日だった。去年死んだ妹の誕生日《たんじょうび》じゃないか。生きていたら七つになってたっけ——。それが、わたしがイタリアのポンペイという名前の地上の街に残した、最後の思いになりました。

夢《ゆめ》はそこで終わりました。

わたしは目をさまして、しばらくぼうっとしていたみたいです。

「どうした、由宇。浮《う》かない顔をしているみたいだが」

おじいちゃんが声をかけてきました。

「そうか、夢《ゆめ》をみたんだな」

わたしがいわなくても、おじいちゃんにはもちろんわかっているのです。

「どんな夢《ゆめ》だった？」

わたしは、知らない外国の知らない街で、知らない家族の一員《いちいん》の男の子になって、それこそ魂《たましい》もふるえるおそろしい体験をした夢《ゆめ》だったことを、少ない口数で説明しました。

「ポンペイの夢《ゆめ》じゃな。それならおれもみたことがある。おまえさんは十歳の男の子だったのか。おれの場合は、もうすぐ七十歳になろうとする長老だったよ。どす黒い煙《けむり》をはいていた火山はベスビオといってな、紀元七九年に大爆発《だいばくはつ》して、ポンペイの街を灰《はい》の下に沈《しず》めたんだ。やはりおれたちには、いにしえからの深いつながりがあるみたいだな」

どことなく、おじいちゃんはうれしそうです。わたしがあまり楽しくない夢《ゆめ》をみて、ぼうっと沈《しず》んでいるというのに、どうしてなのでしょう。ちょっとくやしくなって、理由をきいてみました。

「気がつかないのか？　おまえさんがみた夢《ゆめ》は、かつておまえさんが過《す》ごしてきた地上の思い出なのさ。ただし、いまのはあまり楽しくはなかったみたいだな。仕方がない。死ぬ直前の思い出だったようだから」

「死ぬ直前？」

「そういうことだ。どんな魂《たましい》にとっても、それが宿る肉体が滅《ほろ》びさる直前のできごというものは、強く記憶《きおく》の底に焼きつけられる。むろん、その魂《たましい》がアシャドにやってきて、つぎの生を送るためにふたたび地上へ降《お》りたときには、さっき教えてやった魂《たましい》の生まれ変わりの法則《ほうそく》《その6》に記されているように、すっかり忘《わす》れさられているわけだがな」

「忘《わす》れさられているのに、夢《ゆめ》をみるの?」

「アシャドはそういう場所なんだ。ここに集まる魂《たましい》がみる夢《ゆめ》は、どれもそれぞれが過《す》ごしてきた前世《ぜんせ》の記憶《きおく》に基《もと》づいている」

「前世《ぜんせ》の記憶《きおく》」

「アシャドにいる魂《たましい》にしかみることができない夢《ゆめ》といってもいいだろうな」

それから数日後、こんどはこんな夢《ゆめ》をみました。こちらは、それほど悪くない後味でした。いや、悪くないというよりも、ずっとわくわくさせられる内容《ないよう》でした。

わたしは船に乗っていました。とても大きな船です。いまは午前中で、どこまでも青い大海原《おおうなばら》が、水平線のかなたまで広がっています。空は、こちらも青い絵の具でぬりつぶしたみたいに、すみずみまで晴れわたっています。太陽が、頭上で爆発《ばくはつ》するようなまばゆさでかがやいています。

わたしは甲板《かんぱん》に立っています。どこかから音楽がきこえています。ラジオでしょうか。ギター、テナーサックス、ピアノ、ベース、ドラムスの編成《へんせい》によるジャズバンドのようです。ああ、曲名も知っています。「フォーリング・イン・ラヴ・ウィズ・ラヴ」というのは、つまり「恋《こい》に恋《こい》して」ですね。

そんなジャズをきいて楽しんでいるわたしは、きっとすごい大人の女性《じょせい》なんだと思います。と、すぐとなりに背《せ》の高い男性《だんせい》が立っているのに、いま気がつきました。濃《こ》い茶色の髪《かみ》をしていて、灰色《はいいろ》の目には、わたしへの愛とやさしさをいっぱいたたえています。

「朝のジャズもいいね、ローラ」

男性《だんせい》がそういって、わたしの名前を呼《よ》びました。わたしってローラなんだ。それで、男性《だんせい》の名前を思いだしました。クリスです。クリス・ドリスコール。きのう、わたしたちはニューヨークで結婚式《けっこんしき》を挙げました。いまはドリスコール夫妻《ふさい》として、この客船でカリブ海に新婚旅行《しんこんりょこう》に向かっているところでした。

「クリス」

わたしは夫の名前を呼《よ》びました。とても幸せな気分に包まれました。

「ローラ」

夫が、わたしの名前をまた呼《よ》びました。テンポのよいジャズのアドリブが、ギターからテナーサックスへうつりました。わたしは指を鳴らして、リズムをとりはじめました。夫は、足をならしています。

そこでいきなり、夢《ゆめ》からさめました。

幸せの余韻《よいん》が、ジャズ音楽の残響《ざんきょう》と重《かさ》なって、わたしのみえない鼓膜《こまく》のまわりを、しばらくぐるぐるとまわっていました。

「いまのは、すごくいい夢《ゆめ》だった」

わたしがいうと、おじいちゃんは目を細めて答えました。

「どの夢《ゆめ》も死ぬ直前の思い出ばかりとは限《かぎ》らないからな。その魂《たましい》が送った人生のなかの幸せのハイライトってやつもあるんだよ」

「こんな夢《ゆめ》だったら、とちゅうで終わらないでもっとつづいてくれればよかったのに。どうして目がさめちゃうんだろう」

「幸せとは、そういうものさ」

　おじいちゃんはいって、笑いました。

「だれもが思うことだがね。なにかうれしいことや楽しいことがあると、ああ、いまのこの幸せをいつまでも味わっていたいと。だが、幸せとは時間とともに影《かげ》を薄《うす》くして、やがて消えていくものなんだ。幸せを金庫に収《おさ》めて、いつまでもとっておくことはできない。うまく収《おさ》めたと思っても、つぎの日に金庫の扉《とびら》をあけてごらん。そこはもぬけの空《から》で、幸せのカスさえ残っちゃいない」

「保存《ほぞん》がきかないんだね」

「うまいことをいうじゃないか、由宇。そういうことだ。幸せは保存《ほぞん》がきかない。だからこそ、その瞬間《しゅんかん》が貴重《きちょう》にかがやくんだよ」

わたしは思いました。地上で由宇としての人生を送った、ほんの三年にも満たなかった短い人生のなかで、わたしが幸せだった瞬間《しゅんかん》って、いつだったんだろう？

「それじゃこんどは、おまえさんが由宇として幸せだった日の夢《ゆめ》がみられるように、神様にお願いしてごらん」

おじいちゃんはそういって、片目《かため》をつむりました。

「お願いしたら、みせてもらえるの？」

「それは神様しだいだな」

「わかった。じゃあ、お願いしてみる」

わたしはさっそく、青いクリスタル状のカーペットのように広がるアシャドの地に頭をつけて、神様にお願いしました。どうか、由宇が幸せだった日の夢《ゆめ》をみさせてください。

願いはすぐにはかないませんでした。でも、神様は決してわたしを無視《むし》したわけではありませんでした。

7　百三十三日目

わたしが死んで百三十日くらいがたった、地上の季節でいうと七月中旬《ちゅうじゅん》の夏も盛《さか》りを迎《むか》えたころです。わたしとおじいちゃんは、天の展望台《てんぼうだい》を訪《おとず》れるのが、朝夕《あさゆう》の日課になっていました。青空のスクリーンに映《うつ》る、地上のお母さんのおなかは、いまや小山のように大きくふくらんでいます。

「あと一カ月ちょっとで生まれるぞ」

おじいちゃんがうれしそうにいいます。何といっても、お母さんのおなかにいる赤ちゃんは、わたしと同じ、おじいちゃんにとってはかわいい孫にあたるのですから。

でも、わたしの気持ちは複雑《ふくざつ》です。赤ちゃんはわたしの弟か妹です。神様はその子の肉体に、いまアシャドで暮《く》らしているたくさんの魂《たましい》のなかから、いったいだれを選んで宿らせようとしているのでしょうか。

「ねえ、おじいちゃん」

わたしはききました。

「おじいちゃんはいまも、つぎに生まれ変わったら、わたしのお母さんの赤ちゃんになりたいって思ってるの？」

「おいおいおいおい」

おじいちゃんは目をしばたたかせました。

「あのときいった軽口を、おまえさんはまだおぼえているのか。おれはただ、つぎの人生で、おれが以前、親をやっていた娘《むすめ》の子になって生まれ変わってきたとしたら、これまでの立場が逆転《ぎゃくてん》するわけだから、なんだかおもしろいなと思っただけさ」

実際《じっさい》にはみえない首を、さもあきれたかのように左右にふります。

「あのお母さんの子どもにもう一度してほしいとお願いするために、毎日けんめいに神様の居所《いどころ》を探しまわっているおまえさんをさしおいて、そんな気持ちになんてなれないね」

わたしは少し安心しました。

「でも」

おじいちゃんは、さらにいいました。

「あのお母さんのおなかから赤ちゃんが生まれてくるとき、神様が、アシャドにいるどの魂《たましい》を赤ちゃんの肉体に宿らせようと指示《しじ》するかは、だれにもわからない。それこそまったくもって、神のみぞ知るというやつだ。だからおまえさんも、あまり過剰《かじょう》な期待は抱《いだ》かないほうがいいだろうな。なるようになるさと軽い気持ちで受けながしているほうが、おまえさんにとっても、おれにとっても気が楽ってもんだ」

「そうだよね」

「それにだ」

おじいちゃんは半透明《はんとうめい》な人差《ひとさ》し指《ゆび》を一本、空中につきたてました。

「百歩ゆずって、仮《かり》におまえさんの願いがかなったとしてもだ。おまえさんがいま、このアシャドで、地上にいるお父さんやお母さんのことをいくら慕《した》っていても、お母さんのおなかから、おぎゃあと叫《さけ》んでとびだしたとたん、頭のなかの記憶《きおく》はすべて、きれいさっぱり消えさってしまうわけだからな」

「そうだったね」

「おまえさんは、自分のお父さんやお母さんが、昔一度生まれて死んだときにそうだったのと同じお父さんとお母さんなんだってことは、いつまでたってもわからない」

「うん……」

わたしのあいづちは小さくなります。

「ってことはだよ」

おじいちゃんは言葉に力をこめます。

「いまのおまえさんの願いってのは、かなってもかなわなくても、つぎに生まれ変わってくる人生においちゃ、まったく影響《えいきょう》をおよぼさないってことになると思うんだが」

わたしは返事ができませんでした。

それでも、つぎに生まれ変わってくるときには、やはりいまのお父さんとお母さんの赤ちゃんになりたいという願望《がんぼう》は、少しも弱まることがなかったのです。

そんなある日、わたしはひさしぶりに夢《ゆめ》をみました。それはちょうど、わたしが死んでから百三十三日目のことでした。

7　百三十三日目

夢《ゆめ》のなかのわたしは、由宇でした。もうすぐ三歳になる、大好きなお父さんとお母さんの一人娘《ひとりむすめ》の由宇でした。

つかのまにみた夢《ゆめ》だったのに、その中身はほんとうにほんとうに長かったのです。

わたしは病院にいました。海の近くにある総合病院《そうごうびょういん》です。つい先ほど、救急処置室《きゅうきゅうしょちしつ》から小児病棟《しょうにびょうとう》のベッドにうつされたばかりのわたしのまわりには、お医さんと看護婦《かんごふ》さんと、お父さんとお母さんがいました。

「由宇ちゃん、ほんとに危《あぶ》ないところだったんです。あと五分処置《しょち》が遅《おく》れていたら、どうなっていたやらわかりませんね」

お医者さんが、静かに眠《ねむ》っているわたしの頭をなでながら、いいました。

「ほんとうにありがとうございました。先生たちのおかげで助けていただきました」

お父さんはお医者さんと看護婦《かんごふ》さんにそういって、何度も頭を下げています。お母さんはお礼の声もでないくらい感きわまっているみたいです。ハンカチを手に、むせび泣いています。もちろん、よろこびの涙《なみだ》です。

「深刻《しんこく》な脱水症状《だっすいしょうじょう》が極限《きょくげん》まできていたんです。一時《いちじ》は心臓《しんぞう》がとまりました。回復《かいふく》したのは奇跡《きせき》といってもいいくらいです」

「ああ、神様に感謝《かんしゃ》しなくちゃ」

お母さんがようやく、声をもらしました。

「そうですね。助けてくれたのはわたしたちじゃなくて、もしかしたら神様だったのかもしれませんね、ほんとうに」

といったのは看護婦《かんごふ》さんです。お医者さんもうなずいています。お父さんがまた、頭を下げました。

　わたしは深い眠《ねむ》りの底にいました。翌朝《よくあさ》、看護婦《かんごふ》さんにほっぺたをつつかれて起きるまで、ずっと眠《ねむ》りっぱなしだったのです。

　目をさましたとき、きのうまでの熱はすっかり下がっていました。わたしはベッドのなかで手足《てあし》をばたばたさせて、おなかすいたーをくり返しました。わたしくらいの小さな子どもは、病気になって症状《しょうじょう》が悪化するのも早いけれど、一度峠《とうげ》を越《こ》してしまうと、回復《かいふく》もあっというまなのです。

　午後にはお医者さんが、退院《たいいん》を許可《きょか》してくれました。朝から迎《むか》えにきていたお父さんとお母さんに左右の手をそれぞれつながれて、わたしはお医者さんと看護婦《かんごふ》さんにバイバイをいうと、病院をあとにしました。

　お父さんの運転する車は、エンジンの音も軽やかに、わが家に到着《とうちゃく》しました。団地《だんち》の建物の一階のエレベーターホールで、山田美咲《やまだみさき》ちゃんに会いました。美咲《みさき》ちゃんは、お母さんといっしょに買い物にいくところらしかったのですが、わたしの姿《すがた》をみると、駆《か》けよってきました。

「ミサキちゃん」

わたしがいうと、美咲《みさき》ちゃんもわたしの名前を呼《よ》びました。

「ユウちゃん、あとであそぼ」

「うん、あそぼ」

「だめだめ、由宇はまだ風邪《かぜ》が完全に直っていないから。遊べるのは、そうねえ。あと三日くらいたってからかな」

お母さんがいって、美咲《みさき》ちゃんも納得《なっとく》したみたいです。わたしはちょっとつまらなかったけれど、がまんすることにしました。

日がたちました。美咲《みさき》ちゃんとはその後、お互《たが》いの家を訪《たず》ねあったり、公園やエレベーターホールにいったりして、何度も何度も遊びました。何しろ来年は同じ幼稚園《ようちえん》にいくことになるのです。いまからたくさん、なかよしになっておかないといけません。

夏が近づいてきました。お母さんのおなかはどんどん大きくなりました。いまはもう、おすもうさんもびっくりのはちきれ寸前状態《すんぜんじょうたい》だって、お父さんがいってました。

ある日、お母さんが教えてくれました。

「お母さんのおなかにいるのは、由宇の妹ですって。あなたがお姉さんになるのは、八月十日くらいかしら。生まれてきたら、かわいがってあげてね」

「うん。おもいきりかわいがってあげる」

わたしの妹は、予定日より四日ほど遅《おく》れて生まれてきました。八月十四日です。お父さんとお母さんが、命名式をしました。麻美《まみ》という名前がつきました。教会のオドワイア神父に、幼児洗礼《ようじせんれい》を授《さず》けてもらいました。

麻美《まみ》はすくすくと育ちました。わたしは、それまでわたしのことだけをかわいがってくれていたお父さんとお母さんが、いきなり麻美《まみ》に夢中《むちゅう》になって、わたしのことをほったらかしにしているんじゃないかという不満と不安をもつようになりました。

「だって、由宇はお姉ちゃんだもの」

「お姉ちゃんだから、しょうがないでしょ」

二人からそんな言葉をきくたびに、わたしはちょっとさみしい気持ちになって、一人ちやほやされている麻美《まみ》のことが、うらやましくなったり、ねたましくなったりすることもあるのでした。

そんなとき、美咲《みさき》ちゃんの存在は、とても大切でした。わたしは幼稚園《ようちえん》にかようのも、小学校に上がるときも、いつでもどこでも美咲《みさき》ちゃんといっしょでした。

でも、小学四年生になったときでした。美咲《みさき》ちゃんは、お父さんの仕事のつごうで、遠くに引《ひ》っ越《こ》していってしまいました。心にぽっかり空いた穴《あな》を埋《う》めてくれたのは、やっぱり妹の麻美《まみ》でした。

わたしと麻美《まみ》との年の差は三歳でした。わたしが小学四年生になった年、麻美《まみ》はようやく一年生になりました。小学生のころの三歳のちがいは大きいです。でも、さすがに姉妹だけあって、やることなすことがよくにていました。顔も性格《せいかく》も趣味《しゅみ》も食べ物の好き嫌《きら》いもです。そういうわけで、同じ中学にかよい、同じ高校に進学しました。もちろん、いつも三年の段差《だんさ》をおいたステップでした。

7　百三十三日目

「あんたはほんと、いっつもお姉ちゃんのあとばっかついてくるねえ」

わたしが高校を卒業した年、同じ高校の一年生になった麻美《まみ》のことをそういって冷やかすと、麻美《まみ》もだまっていません。

「そんなの、いこうとするところにいっつもお姉ちゃんがいただけだよう」

わたしたち姉妹はいつのころから音楽の魅力《みりょく》にひかれていて、どちらも高校のブラスバンド部にはいりました。楽器は、わたしがテナーサックスを選ぶと、三年おくれの麻美《まみ》はお姉ちゃんと同じ楽器はいやだという理由だけでクラリネットを選びました。どちらも吹奏楽器《すいそうがっき》であることに変わりはないのですが。

しかし、手にする楽器が異《こと》なったことで、その後の二人の人生には微妙《びみょう》なコントラストがついたみたいです。いえ、楽器が異《こと》なったことだけを理由にあげてはいけないのかもしれません。とにかく高校を卒業してから、二人はともに大学受験にいどみました。

わたしは現役《げんえき》の受験に失敗して一浪《いちろう》しました。翌年《よくねん》、私立《しりつ》のJ大学に合格《ごうかく》しました。麻美《まみ》はわたしより二年おくれということになりましたが、J大学は落ちたものの、同じ私立《しりつ》のR大学に合格《ごうかく》しました。

ということで、その年の春、わたしはJ大学の三年生になっており、麻美《まみ》はR大学の一年生になったのでした。

J大学もR大学もともにキリスト教系《きょうけい》のミッションスクールですが、J大学はわたしのお母さんが信者になっているローマン・カトリック系です。一方《いっぽう》、R大学はプロテスタントでアメリカ聖公会系《せいこうかいけい》です。宗教色《しゅうきょうしょく》が微妙《びみょう》に異《こと》なるところは、テナーサックスとクラリネットのちがいといってもいいでしょうか。

わたしも麻美《まみ》も、大学を卒業するころには楽器を演奏《えんそう》することで生活の糧《かて》を得ていこうという夢《ゆめ》は、すっかり捨《す》てさっていました。なぜなら、プロをめざす道は非常《ひじょう》にきびしく苛酷《かこく》であることがわかってきたからです。いくら音楽が好きでも、それをもとに生活費を稼《かせ》ぐという行為《こうい》は、なみたいていの努力では成《な》しとげられないのです。

音楽の世界だけではありません。作家、学者、役者、画家、芸人、スポーツ選手などすべて、一芸に秀《ひい》でて世界を牛耳《ぎゅうじ》ろうとする者は、熾烈《しれつ》な競争世界のなかでことさら優《すぐ》れた成果や成績《せいせき》を残し、しかも不断《ふだん》の努力によってその非凡《ひぼん》なレベルを維持《いじ》していくことができなければ、たちまち同業者の大群《たいぐん》のなかに身を没《ぼっ》してしまうのです。

そんなわけで、わたしは大学を無事四年間で卒業すると、心機一転、都内にある児《じ》童書出版社《どうしょしゅっぱんしゃ》の入社試験を受けて採用《さいよう》となり、編集者《へんしゅうしゃ》として働きはじめました。

編集《へんしゅう》という仕事は、とても一人で成《な》しとげることはできません。一冊《さつ》の本を世に送りだすために必要な人材といえば、作家は当然のこと、画家やイラストレーター、装丁《そうてい》家《か》、デザイナー、印刷業者、製本業者《せいほんぎょうしゃ》、取次店員《とりつぎてんいん》、書店員、社内《しゃない》では製作担当者《せいさくたんとうしゃ》、営業《えいぎょう》担当者《たんとうしゃ》、販売担当者《はんばいたんとうしゃ》、宣伝担当者《せんでんたんとうしゃ》ら多数の力を借りなければいけません。

わたしは編集《へんしゅう》の仕事をがんばりました。売れる本よりもよい本を、作って悔《く》いのない本を、をモットーに、多くの作家や画家をはじめとした出版関係者《しゅっぱんかんけいしゃ》と知りあいました。そのなかにMがいました。入社五年後のことで、わたしは二十八歳になっていました。

Mは、わたしより五つ年上で、わたしが勤《つと》めている出版社《しゅっぱんしゃ》と取引をもつ大手印刷会社の営業《えいぎょう》マンでした。私立《しりつ》のW大学出身《しゅっしん》で、学生のときにはラグビー部にはいっていたというだけあって、がっちりとしたマッチョタイプです。でも、性格《せいかく》はいたっておだやかでやさしく繊細《せんさい》で、あたりの人間を和《なご》ませるユーモア感覚にもあふれていました。

知り合って半年後に最初のデートをしました。十カ月後に、プロポーズされました。まあ、かげでわたしが仕掛《しか》けたという部分もあるのですが、文字どおりのスピード婚約《こんやく》になりました。それから半年後に結婚《けっこん》しました。

わたしの結婚《けっこん》をいちばんよろこんでくれたのは、麻美《まみ》かもしれません。これで子ども部屋を一人で占拠《せんきょ》できると叫《さけ》んだのは負けおしみかもしれませんが。とにかく、長年アルバイトで稼《かせ》いで貯金してきた大枚《たいまい》三十万円をぽんとお祝儀《しゅうぎ》で投げてくれたのですから。

わたしはMの実家《じっか》が近くにあるという埼玉県内《さいたまけんない》のマンションを新居《しんきょ》にして、新婚生活《しんこんせいかつ》をスタートしました。もちろん、結婚《けっこん》したからといっていまの出版社《しゅっぱんしゃ》をやめるつもりはありません。しばらくは共働きで、マンションのローン返済《へんさい》にも貢献《こうけん》していくつもりです。

7　百三十三日目

麻美《まみ》のほうですか？　まもなく二十七歳になるのですが、いいえ、まだ結婚《けっこん》していません。仕事も定まっておらず、イタリアンレストランのウエートレスとか、携帯電話《けいたいでんわ》ショップの販売員《はんばいいん》とか、旅行会社のツアーガイドなどといったさまざまな職種《しょくしゅ》のアルバイトを転々《てんてん》として、現在《げんざい》に至《いた》っています。

もちろん、アルバイトの収入《しゅうにゅう》だけでは独立《どくりつ》した暮《く》らしはなかなかできないので、いまも親のスネをかじっています。でも、お父さんもお母さんも、麻美《まみ》が家にいてくれるのはまんざらでもないみたいです。早くいい相手をみつけて結婚《けっこん》してでていけみたいなことは、ぜんぜん口にしません。わたしがでていってしまったのが、やはりさみしかったのでしょう。おまえも由宇につづけ、なんてセリフはなかなか吐《は》けないみたいです。

そんなお父さんも、来年は六十歳になります。長年勤《つと》めてきた新聞社はいよいよ定年です。定年後は雇用延長制度《こようえんちょうせいど》というのがあるそうです。本人が希望すれば、さらに数年の勤務《きんむ》は可能《かのう》のようですが、これまでもらっていたような世間《せけん》なみの給料は、もうもらえません。仕事が一挙に楽になるのにあわせて、給料の額《がく》もぐっと減《へ》ってしまうのです。

でも、お父さんはいたってのんびり構《かま》えているみたいです。そんなお父さんののんびり加減《かげん》に少しあわてたのか、お母さんが近くのスーパーマーケットにパートで勤《つと》めはじめました。お母さんは五十四歳ですが、体は丈夫《じょうぶ》です。販売《はんばい》の仕事もけっこう楽しくて、やりがいがあるみたいです。

お父さんが定年になってからまもなく、わたしに赤ちゃんができました。思いがけない神様からの贈《おく》り物です。夫もよろこんでくれました。仕事は忙《いそが》しかったのですが、おなかがどんどん大きくなってきます。いよいよとなったので、産休をとりました。ひさしぶりに実家《じっか》に帰り、ふたたび家族四人で暮《く》らすことになりました。

赤ちゃんは男の子で、なんと八月十四日に生まれました。麻美《まみ》と同じ誕生日《たんじょうび》です。その時点でおばさんになった麻美《まみ》が、いちばん感激《かんげき》して、よろこんでくれました。お父さんとお母さんは、とうとうおじいちゃんとおばあちゃんになってしまいました。

名前を優太朗《ゆうたろう》とつけました。そして、

わたしは夢《ゆめ》からさめました。

目の前に、青いクリスタル状のカーペットのようなアシャドの大地が広がっています。

「おじいちゃん」

わたしはおじいちゃんを呼《よ》びました。いつもすぐそばにいてくれるのは知っています。

「やあ、ずいぶん長い夢《ゆめ》をみていたような顔をしているぞ、由宇」

「そうなの、おじいちゃん」

わたしは、なにから切りだしてよいやらわかりません。それでひとまず、いまわたしがみていた夢《ゆめ》の記憶《きおく》のすべてをおじいちゃんの心に送りこみました。アシャドの魂《たましい》には、いちいち口で話さなくても、その気になればそのような芸当ができるのです。

「ふうむ、なるほど」

おじいちゃんはうなずきました。

7　百三十三日目

「わたし、赤ちゃんを生んだのよ」

「そのようだな」

「優太朗《ゆうたろう》だって」

「なかなか立派《りっぱ》な名前じゃないか」

「お父さんの名前はM。それから、わたしには麻美《まみ》っていう妹もいたんだ。でも」

どういえばいいのでしょう。だって、そういうのはぜんぶ夢《ゆめ》だったのですから。

「これって、わたしの前世《ぜんせ》の思い出じゃないわよね。だってわたしはあのとき病院にいっても助からなくて、けっきょく死んじゃったんだから。それでいま、こうして魂《たましい》になってアシャドにきているんだもの」

「そういうことだな」

答えながらも、おじいちゃんは何かを知っているみたいです。わたしはその心を読もうとしました。同時に、おじいちゃんがいいました。

「だが、こういう考え方はどうだ。もしあのとき、おまえさんが死んでいなかったら、

7　百三十三日目

その後の人生はどうなっていたか。もしかしたら、こんな人生を送っていたかもしれない。そこんところを、夢《ゆめ》で追いかけてみたというのはどうだろう」

「そんなこといったって」

わたしは半透明《はんとうめい》の首をかしげます。

「いったいだれが、そんなことを夢《ゆめ》で追いかけるの？　わたしは死ななかったんじゃなくて、実際《じっさい》に死んじゃったんだから。もし死ななかったらどうなっていたかなんて、そんなこといまさら考えたって、どうにもならないわ。ぜんぜんむだなことよ」

「それはまあ、おまえさんにとってはそうかもしれないが」

「だって夢《ゆめ》はわたしがみるものよ。わたしの夢《ゆめ》なんだから、わたしがむだだと思ったら、それはほんとうにむだなことだと思うの。なのに、どうしてそんなむだな夢《ゆめ》を、わたしはみなくちゃいけなかったのかしら」

「それはだな」

おじいちゃんは透《す》きとおった手で、透《す》きとおったあごをさすっています。

「きっと半分はおまえさんの夢《ゆめ》でも、あとの半分はおまえさんの夢《ゆめ》ではなかったのかもしれないな、うん」

「わたしの夢《ゆめ》じゃなかったら、だれの夢《ゆめ》？」

「はて、どなただろう」

「え」

わたしは不意に思いつきました。おじいちゃんのいい方が、ヒントになりました。

「もしかして、神様？」

「きっとそういうことだ」

「でも、神様がどうして」

「おまえさんのことを気にしていらっしゃるのだよ。まだ三つにもならない幼子《おさなご》だったのに、しりに帆《ほ》をかけてアシャドにやってきてしまったのだから」

「神様も夢《ゆめ》をみるの？」

「きっと、ごらんになる」

わたしは、どこまでも広大なアシャドの大地をみわたしました。どこもかしこも、クリスタル状にかがやく青一色です。こんなにきれいな景色は、地上ではぜったいにみられません。わたしはもう一度つぶやきました。

「神様も夢《ゆめ》をみるんだ」

その姿《すがた》はみえなくても、わたしは神様がすぐそばにいて、にこにこ笑ってくれているような気がしました。それから、だいぶ前にお願いしていたことを思いだしました。わたしの人生で幸せだった日のことを、夢《ゆめ》にみさせてくださいとお願いしたのでした。

「で、どうだった？」

おじいちゃんがききました。

「それは、おまえさんが由宇として幸せだった日の夢《ゆめ》だったのかな？」

わたしは迷《まよ》わず答えました。

「うん。ほんとうにとっても」

8　百五十四日目

たちまち二十日あまりが過《す》ぎさりました。地上のお母さんのおなかは、もうこれ以上は無理というくらいめいっぱいふくらんでいます。きょうにもあすにも、赤ちゃんが生まれでてきても不思議はありません。

「きょうにでも、おまえさんのもとに、光の天使がやってきてくれたらいいのになあ」

天の展望台《てんぼうだい》で、青空のスクリーンに映《うつ》った地上の様子をながめながら、おじいちゃんがいいました。

わたしはおじいちゃんのやさしい言葉に、少し心がなぐさめられました。でも、ふたたび生まれ変わるために地上へおもむくとしたら、順番からいっても、それはおじいちゃんのほうが先のような気がします。だって、おじいちゃんのほうがずっと早く、アシャドにやってきているのですから。

いいえ、それともアシャドには、順番なんてないのかもしれません。ただ、ほら、昔からいうじゃないですか、年寄《としよ》りにはゆずるものだって。

そのときです。青く広がるクリスタル状の平地のかなたから、一頭のたてがみも美しい白馬が、わたしたちのほうに向かって駆《か》けてくるのがみえました。ひずめの音が、じょじょに大きくなります。

「光の天使だ！」

わたしは叫《さけ》びました。光の天使が白馬に姿《すがた》を変えて、神様の指令を届《とど》けにきたのです。

生まれ変わりの魂《たましい》を迎《むか》えにきたのです。わたしの胸《むね》は、興奮《こうふん》でふるえました。

白馬はわたしたちの目の前までくると、黒真珠《くろしんじゅ》のようなひとみをくりくりと動かして、白くて大きな歯をむきだしました。

「神様がお呼《よ》びだ。わが背《せ》に乗るがよい」

わたしとおじいちゃんは、みつめあいました。白馬の背《せ》に乗るのは、二人のうちのどちらでしょう。しかし、白馬がはなったつぎの言葉に、わたしの胸《むね》はつぶれました。

「さあ、すぐに乗るがよい、ご老人」

「光の天使様」

おじいちゃんがいいました。

「神様がお呼《よ》びになっているのは、おれではなくてこちらの娘《むすめ》のほうではないのかね？」

「いや、ご老人のほうだ」

白馬がきっぱりといったので、わたしはうなだれて、おじいちゃんにいいました。

「いいよいいよ、おじいちゃん。わたしはだいじょうぶ。神様が決めたことなんだから、まちがうわけないよ」

「さあ、早くするがよい」

白馬がまたいったので、おじいちゃんはついに観念しました。わたしのほうを向いて、しょうがないかといった具合に肩《かた》をすくめてみせてから、白馬の背《せ》にまたがりました。

「元気でね、おじいちゃん」

わたしはせいいっぱい明るい声をだして、おじいちゃんにいいました。

「おまえさんもな。ここでひとまずお別れだが、早くあとを追いかけてこいよ」

「わかった。バイバイ」

「おうよ」

「では出発《しゅっぱつ》する。残された者よ、おまえのもとにもいずれ光の天使はやってくるだろう。そのときまで、気を楽にして待つがよい」

いい残すと、白馬はおじいちゃんを背《せ》に乗せて、どこまでも青いクリスタル状の平地を駆《か》けさっていきました。

みるまにその姿《すがた》が豆粒《まめつぶ》のように小さくなって、地平線のかなたに消えいりそうになったときです。ふたたび姿《すがた》が大きくなりはじめました。目の錯覚《さっかく》ではありません。白馬はとちゅうで向きを変えると、わたしのほうに一直線に駆《か》けもどってきたのです。

「走っているとき、新しい知らせがはいった。神様はこのご老人のほかに、おまえのことも呼《よ》んでくるようにとお決めになったそうだ。タッチの差なので、いっしょに連れてきてもよろしいとのお達《たっ》しだ」

わたしはとびあがりました。

「さあ、娘《むすめ》よ、いっしょに乗るがよい」

「よかったな由宇。おれたちはどうやら、二人いっしょにつぎの人生への生まれ変わりを果たせそうだ」

どういうことなのでしょう？　もしかしたら、生まれる日が同じなのかもしれません。

それから白馬は、青いクリスタル状の平地を駆《か》けぬけると、不意にあらわれた深い森を一気にぬけ、急峻《きゅうしゅん》な谷を降《お》りて、清《きよ》らかな流れの川をわたりました。そこには、小さな洞窟《どうくつ》が暗い口をあけて待っていました。

わたしとおじいちゃんを、洞窟《どうくつ》の入り口に向かってのびている小道のはしに降《お》ろすと、白馬はおごそかな声でいいました。

「この洞窟《どうくつ》の向こうに、おまえたちはいかなければならない。ひたすら進むがよい。二人とも、洞窟《どうくつ》の向こう側にぬけるのだ」

わたしは、暗い洞窟《どうくつ》が少しもこわくありませんでした。おじいちゃんといっしょだったから、というわけでもなさそうです。洞窟《どうくつ》の向こう側には、きっと神様が待っているにちがいないと信じることができたからです。

「神様が待っていらっしゃるのかね？」

おじいちゃんがききました。

白馬は、たてがみを揺《ゆ》らしました。そのとおりといっているようでもあり、さあ、どうだろう、といっているようでもありました。

でも、わたしには確信《かくしん》がありました。光の天使の白馬の役割《やくわり》は、わたしたちを背中《せなか》に乗せて広いアシャドを駆《か》けぬけ、この洞窟《どうくつ》の入り口まで連れてくることでした。それから先のことは、よく知らないのかもしれません。

それが証拠《しょうこ》に、光の天使の白馬は、その場でくるりと向きを変えると、あっというまにいなくなってしまいました。

「いくしかないみたい」

「そうだな」

「いってみようよ」

「ああ、いってみるか」

わたしとおじいちゃんは小道を歩いて、目の前に迫《せま》った洞窟《どうくつ》の内部に足をふみいれました。あたりはまっ暗でした。しかし、自信をもって前に進むにつれて、気持ちがしだいに落ち着いてくるのがわかりました。

どこかで神様にみつめられて、護《まも》られているという絶対的《ぜったいてき》な安心感に包まれながら、わたしは、となりにいるおじいちゃんの存在すら、じょじょに忘《わす》れて歩きつづけました。

まっ暗なのに、どちらに進めばよいかがわかるのは、とても不思議でした。しかし、わたしたちはトンネルの壁《かべ》に突《つ》きあたったり、足もとをとられて転んだりすることが一切《いっさい》ないまま、前へ前へと歩きつづけました。

まもなく、遠くのほうに小さな光がみえてきました。わたしは光に向かって、どんどん歩いていきました。

さあ、ききなさい。

光がわたしに話しかけてきました。

たとえばおまえは、こんな生まれ方をしたことがあった。おまえにとっては、はるかに昔のできごとだ。わたしにとっては、ほんの一刻前《いっこくまえ》の記憶《きおく》といっていいだろう……。

村には、おそろしい雨と風が吹《ふ》きあれていました。嵐《あらし》が近づいていたのです。

お父さんとお母さんのあいだには、これまでに五人の子どもたちが生まれていました。長女、長男、次女、三女、四女の順番です。

　しかし長男は三歳のときに、風邪《かぜ》をこじらせて死んでいました。次女も五歳のときに、おなかの病気で死んでいました。生き残っているのは、十歳の長女、五歳の三女、二歳の四女の三人だけでした。どれも女の子です。

　それでお父さんは、こんどはどうしても男の子がほしいと願っていました。もし男の子が生まれてきたら、村をあげての祝宴《しゅくえん》をひらくつもりでした。お父さんが大切にしている伝統《でんとう》の短剣《たんけん》を、願いをかなえてくれた竜神様《りゅうじんさま》へのお礼として、家の近くにある聖《せい》なる湖に捧《ささ》げるつもりでした。

　ところが、生まれてきたわたしは女の子でした。お母さんは、わたしが女の子でも、新しい子どもを授《さず》かったよろこびは変わらないと感じていました。でも、お父さんの失望《しつぼう》は大きかったのです。

　嵐《あらし》がますます近づきました。わたしは、お母さんの腕《うで》に抱《だ》かれて、嵐《あらし》にも負けないくらい大きな声で泣きました。お父さんは、わたしの泣き声をしばらくきいていましたが、やがて一人で家の外へでていきました。

横なぐりに吹《ふ》きつける風雨のなかを、お父さんはふらふらと歩いて、まもなく聖《せい》なる湖の岸辺までやってきました。頭のてっぺんからつま先まで、ぐしょ濡《ぬ》れです。それでもお父さんは、聖《せい》なる湖の底に住まうと伝えられている竜神様《りゅうじんさま》に、ひとこと文句《もんく》をいいたかったのです。

竜神様《りゅうじんさま》、また女の子が生まれてしまいました。女の子はもう三人もいるのです。こんどこそ男の子をお授《さず》けくださいとあれほどお願いしていたのに、どうしてききいれてくださらなかったのですか。お父さんはそうつぶやきながら、嵐《あらし》で灰色《はいいろ》のどぐろを巻《ま》いているような湖の底をのぞきこみました。

そのとたんでした。おそろしく強い風が吹《ふ》きました。お父さんの体は木の葉のように岸辺をはなれて、たちまち湖に没《ぼっ》しました。天のバケツをひっくりかえしたような豪雨《ごうう》が、水中から一瞬《いっしゅん》だけ顔をのぞかせたお父さんの目と鼻と口を押《お》さえつけました。そのままお父さんはふたたび水中に没《ぼっ》すると、二度と浮《う》きあがってこなかったのです。

またおまえは、こんな生まれ方をしたこともあったと、光はいいました。

お父さんとお母さんは、どちらかというと裕福《ゆうふく》な暮《く》らしをしていました。しかし、結婚《けっこん》して八年がたつというのに、お母さんはなかなか赤ちゃんを授《さず》かることができないでいました。お父さんの仕事が忙《いそが》しすぎたことも、原因《げんいん》だったのかもしれません。

しかしその年のはじめ、ついにお母さんは身ごもることになりました、お父さんは大よろこびで、赤ちゃんの誕生《たんじょう》を指折り数《かぞ》えて暮《く》らすことになりました。だんだんおなかが大きくなっていくお母さんへの気遣《きづか》いで、そのうち仕事も手につかなくなってくるほどでした。それほどうれしかったのです。

いよいよ出産《しゅっさん》の日が近づきました。予定日は九月六日でした。その時期、車のビジネスマンだったお父さんの仕事は佳境《かきょう》にはいっていました。可能《かのう》なら、五日は旅客機に乗って西の都市へ飛んでいきたかったのです。大きな商談《しょうだん》がありました。お母さんの出産《しゅっさん》がなかったら、お父さんは迷《まよ》うことなく予定にしたがっていたにちがいありません。

　でも、お母さんがお願いしました。六日は仕事を休んで、ぜひ病院にきてください。初めての出産《しゅっさん》はとても心細《こころぼそ》いから、あなたどうぞ立ち会ってください、と。

　お父さんはＯＫしました。旅客機で西の都市へ赴《おもむ》く仕事は、同僚《どうりょう》の若《わか》い人にまかせて、その日は朝から病院にきてくれたのです。わたしが生まれてくるのに立ち会うためです。

　午前十時十五分、わたしは無事、お母さんのおなかからとびだしました。男の子だったらジミー、女の子だったローラという名前にしようと、お父さんとお母さんは、あらかじめ決めていました。そしてわたしはこの世に生まれおちて、ローラと名乗りました。

　びっくりするのはこのあとです。わたしがローラとしての人生をスタートさせて、ものの一時間もたっていませんでした。西の都市の空の玄関口《げんかんぐち》となる空港で、旅客機が着陸に失敗して炎上《えんじょう》したのです。それは、本来ならお父さんが乗っていたかもしれない旅客機でした。乗員乗客三十六人のうち二十四人が逃《に》げおくれて死亡《しぼう》しました。知らせをきいたとき、お父さんは声を失いました。その旅客機に、お父さんの代《か》わりに乗っていた同僚《どうりょう》の若《わか》い人は、危機一髪《ききいっぱつ》で脱出《だっしゅつ》に成功していました。でも、それがお父さんだったら、どうなっていたかは神のみぞ知るといっていいかもしれません。いいえ、いまのわたしなら知っています。そんなことは、神様だって知らないのです。

おしまいに光は、こんどはとっておきの話をしてくれました。こんな生まれ方をするなんて、人生はほんとうにドラマチックだと思います。

森のなかでした。

お母さんはしばらく前から、いきなりやってきた陣痛《じんつう》とたたかっていました。出産《しゅっさん》はまだ数日先だろうと高《たか》をくくって、朝から野イチゴを摘《つ》みにきてしまったのです。

お母さんを馬車に乗せて、ここまで送ってきてくれたお父さんは、いまは畠《はたけ》にもどっています。とてもよい天気なので、お父さんは自分の仕事に精《せい》をだしているのです。

お父さんがふたたび馬車をとばして迎《むか》えにきてくれるのは、昼くらいの予定です。まだだいぶ時間があります。それまでに、もしかしたら赤ちゃんが生まれてきてしまいそうな可能性《かのうせい》が、だんだん高くなってきました。

どうしてこんなことになってしまったのかというと、思い当たることが一つあります。お母さんはオオカミをみてしまったのです。森のかなたの樹林《じゅりん》のかげに、一頭の、それは大きな灰色《はいいろ》のオオカミがいました。

オオカミはお母さんの姿《すがた》をみると、さっと身をひるがえして、どこかへいってしまいました。しかし、だからといって安心はできません。オオカミは頭がいいのです。どこか、お母さんからはみえない場所にそっと身をかくして、お母さんの動きをじっと観察しているところかもしれません。

手もとに銃《じゅう》はありません。まさかこんな季節に、もっと山奥《やまおく》で暮《く》らしているオオカミがこんな場所まで降《お》りてくるなんて、まったく予測《よそく》がつかなかったのです。

あのオオカミがふたたび目の前にあらわれて、身重《みおも》の自分に襲《おそ》いかかってきたらどうしよう。きっと、ひとたまりもないでしょう。そんな恐怖《きょうふ》の念を胸《むね》にいだくと、森のなかでたった一人のお母さんは、まったく落ち着いていられなくなりました。胸《むね》の動悸《どうき》がどんどん早くなってきて、それにつられて火急《かきゅう》の陣痛《じんつう》に見舞《みま》われてしまったのです。

ああ、こまったわ、とお母さんは天を仰《あお》いでいます。もしかしたらほんとうに、この場で赤ちゃんを生んでしまうかもしれません。でも、赤ちゃんが生まれたら、オオカミは血のにおいに敏感《びんかん》です。それがおなかを空かせているオオカミなら、迷《まよ》うことなく襲《おそ》ってくるでしょう。銃《じゅう》も手にしていなくて、防《ふせ》ぐ手立《てだ》てはありません。

しかし、陣痛《じんつう》はしだいにその間隔《かんかく》をせばめて、容赦《ようしゃ》なく訪《おとず》れてきました。お母さんはもう、歩くこともできません。おなかにいるわたしが、いまでるすぐでるもうでると暴《あば》れているのです。その痛《いた》みに耐《た》えきれなくなったお母さんは、とうとう近くの茂《しげ》みのかげに身を寄《よ》せました。いざとなったらもう、ここで生んでしまうしかないと決めたのです。

いや、決める決めないの問題ではありません。これ以上のはげしい陣痛《じんつう》がやってきたときには、もう、ここで生むよりほかに選択《せんたく》の余地《よち》はありません。

お母さんはこれまでに、赤ちゃんを三人生んでいました。男の子が二人と、女の子が一人です。どの子を生むときも、ぜんぜん苦しまないで生めました。根《ね》っからの安産タイプです。だから、もう一人を生むにあたって、肉体的苦痛《くつう》を心配する必要はほとんどありませんでした。

心配しなければいけないのは、オオカミの脅威《きょうい》です。できることなら、がまんにがまんを重《かさ》ねて、お父さんが迎《むか》えにきてくれるまでじっと待っていたかったのです。でも、事態《じたい》は完全に切迫《せっぱく》していました。もうだめです。

わたしが、とびきり元気のいい産声《うぶごえ》を上げているときに、お母さんは生まれてこのかた味わったことのない最大の恐怖《きょうふ》に身をふるわせていました。なんと、わたしを出産《しゅっさん》したその瞬間《しゅんかん》に、例のオオカミが目と鼻の先に姿《すがた》をあらわしたのです。

「あっちにいって、お願い」

お母さんはオオカミにいいました。

「あたしたちなんて食べたって、ぜんぜんおいしくないんだから。ね」

お母さんは半分、やけくそです。オオカミはしかし、いうことをきいてくれようとはしません。じょじょに間合《まあ》いをつめてきて、草の上であおむけになって泣いているわたしの小さな体におおいかぶさりました。

「やめてやめてやめて」

お母さんは必死に嘆願《たんがん》します。ようやくへその緒《お》が切れたところでした。オオカミの満月のように黄色い目が、わたしの顔の近くまで迫《せま》りました。といっても、まだ目のあかないわたしにはなにもみえません。小さな手足《てあし》をむにゅむにゅ動かして、お母さんがどこにいるかを探《さぐ》っているだけです。

すると、どうしたことでしょう。オオカミは長いあたたかい舌《した》をのばして、わたしの頭をぺたし、となめました。さらに、顔やおなか、手足《てあし》や背中《せなか》を、それはやさしくゆっくりとなめつづけます。

ぺたし、ぺたし、ぺたし……。

お母さんが声もなくみつめているうちに、オオカミはわたしの体をすっかりきれいになめつくしてしまいました。まるでわたしが、オオカミの生まれたての赤ちゃんであるかのように。そのオオカミのわが子のように。

さあ、つぎはどんな展開《てんかい》が待ちうけているのでしょう。わたしはどうやらオオカミに食べられずにすみそうです。オオカミの赤ちゃんだと思われているみたいなのですから。でも、すぐそばにいるお母さんは、どうなってしまうのでしょうか？

一発の鋭《するど》い銃声《じゅうせい》が森の空気をふるわせたのは、そのときでした。少し早めにお母さんを迎《むか》えにきたお父さんが、オオカミの姿《すがた》をみつけたのです。お父さんはてっきり、オオカミがお母さんを襲《おそ》っているところだと思いこみました。とにかく、オオカミをお母さんからひきはなさなければと思って、空に向けて銃《じゅう》を撃《う》ったのでした。

オオカミは一瞬《いっしゅん》、お母さんの目をのぞきこみました。それから、いまも草の上であおむけになっているわたしを、その大きな口にくわえようとしました。くわえて逃《に》げようとしたのです。でも、お母さんはとっさに腕《うで》をのばすと、わたしを胸《むね》に抱《だ》きしめました。

お母さん初めて、オオカミの低いうなり声を耳にしました。その子をよこせ、いや返せといっているようにきこえました。同時に、二発目の銃声《じゅうせい》が、さらに近い場所でとどろきました。お母さんは、死んでもわたしをはなすつもりはありませんでした。

お父さんの足音が近づくと、オオカミはついに身をひるがえしました。風のようなスピードでその場をはなれました。たちまち森の樹林《じゅりん》の暗がりに、その灰色《はいいろ》で巨大《きょだい》な姿《すがた》をかくしたのです。

一時《いちじ》はもうだめかもしれないとあきらめかけていたのです。わたしとお母さんの無事を知ったときのお父さんのよろこびようといったら、ありませんでした。

これはしばらくあとになってからわかったことです。生まれたばかりのわたしの体を一生懸命《いっしょうけんめい》なめてきれいにしてくれたそのオオカミはメスで、数日前、四ひきの赤ちゃんを生んでいました。ところがその直後、突然襲《とつぜんおそ》ってきた地震《じしん》による土砂崩《どしゃくず》れで、すべての赤ちゃんを亡《な》くしていたのでした。

オオカミはきっとわたしのことを、生まれてすぐにいなくなってしまった赤ちゃんの一ぴきだと思ったのかもしれません。

不意に風が吹《ふ》いて、それまで光がわたしに話しかけてきた言葉のすべてをかき乱《みだ》し、いっせいに吹《ふ》きとばしました。言葉はちりじりの記憶《きおく》の断片《だんぺん》となり、やがて砂塵《さじん》となって、わたしが歩いてきた洞窟《どうくつ》の暗いトンネルを、アシャドがあった方向に竜巻《たつまき》のごとく運びさられていきました。

それから、
いままた目の前に生き生きとかがやく光はしだいに明るく、大きくなってきました。

そのころになるとわたしは、わたしに話しかけてきていた光の声も、前世《ぜんせ》の記憶《きおく》も、まっ暗な洞窟《どうくつ》をいっしょに歩いていたおじいちゃんのことも、アシャドの存在もきれいさっぱり忘《わす》れさって、ひたすら光に向かって進む、一人きりの存在になっていました。

わたしは宇宙《うちゅう》で、宇宙《うちゅう》はわたしでした。

わたしが大きく息を吸《す》うと、わたし自身が銀河系《ぎんがけい》のかなたの、同じような銀河系《ぎんがけい》がいくつもちらばっている宇宙《うちゅう》のかなたの、そのまたかなたにある無限《むげん》の空域《くういき》まで広がっていくのがわかりました。

息をはくと、無限《むげん》の空域《くういき》がいっきょに縮《ちぢ》まって、わたしは宇宙《うちゅう》のなかの、いくつもある銀河系《ぎんがけい》のなかの一つの銀河系《ぎんがけい》の、いくつもある星々《ほしぼし》のなかでもいちばんきれいな小さな青い惑星《わくせい》の一部になりました。

あ、いるいる。わたしの大好きなお父さんとお母さんが、あそこに……。

それから突然《とつぜん》、わたしの全身は、真昼《まひる》の太陽のようにまばゆい光に包まれました。

本書は『児童文芸』（日本児童文芸家協会発行、銀の鈴社発売）二〇〇五年二・三月号～二〇〇五年十二月号・二〇〇六年一月号に連載された作品を大幅に書き直したものです。

たからしげる

大阪府生まれ。立教大学社会学部社会学科卒業。著書に「フカシギ系」シリーズ、「絶品らーめん魔神亭」シリーズ（ともにポプラ社）、『ミステリアスカレンダー』、『たそがれ団地物語ふたご桜のひみつ』（ともに岩崎書店）、『閻王の街』（アーティストハウス）、『落ちてきた時間』（パロル舎）、『盗まれたあした』、『ギラの伝説』（ともに小峰書店、）、『ラッキーパールズ』（スパイス）、「フカシギ・スクール」シリーズ（理論社）、『プルーと満月のむこう』（あかね書房）などがある。
《たからしげるブログ》http://takarashigeru.ameblo.jp/

由宇の154日間

二〇〇九年三月十四日　第一刷発行©

著　者　たからしげる
発行者　宮本　功
発行所　株式会社　朔北社
〒一〇一―〇〇六五
東京都千代田区西神田二―四―一　東方学会本館
TEL　〇三―三二六三―〇一二二
FAX　〇三―三二六三―〇一五六
振替〇〇一四〇―四―五六七三一六
http://www.sakuhokusha.co.jp

装　丁　カワイユキ
印刷・製本　中央精版印刷株式会社
落丁・乱丁本はお取りかえします。
ISBN978-4-86085-077-7　C8093 Printed in Japan